La petite romancière, la star et l'assassin

Du même auteur chez un autre éditeur :
La pyramide des besoins humains, école des loisirs

Visitez le site de l'auteure :
www.carolinesole.com

22, rue Huyghens, 75014 Paris
www.albin-michel.fr

Loi n° 49-956 du 16 juillet 1949
sur les publications destinées à la jeunesse.

CAROLINE SOLÉ

La petite romancière, la star et l'assassin

litt'

Albin Michel

RAPPORT DE POLICE

Ce dimanche, à 15 h 59, des promeneurs appellent le commissariat pour signaler qu'un corps flotte au milieu de l'étang de la forêt communale.

Le cadavre repêché vingt minutes plus tard est celui d'un enfant d'une dizaine d'années, blond, la peau claire, une tache de naissance sur le front, à l'identité encore inconnue. En attendant les résultats des analyses, aucune piste n'est écartée : noyade accidentelle, suicide ou meurtre.

La victime a les pieds nus et ne porte qu'un survêtement rouge. Dans une des poches, les policiers trouvent la photo gondolée d'une actrice. Ils se rendent alors au domicile de la star, où trois personnes sont présentes. Elles sont actuellement interrogées par les enquêteurs.

RAPPORT DE POLICE

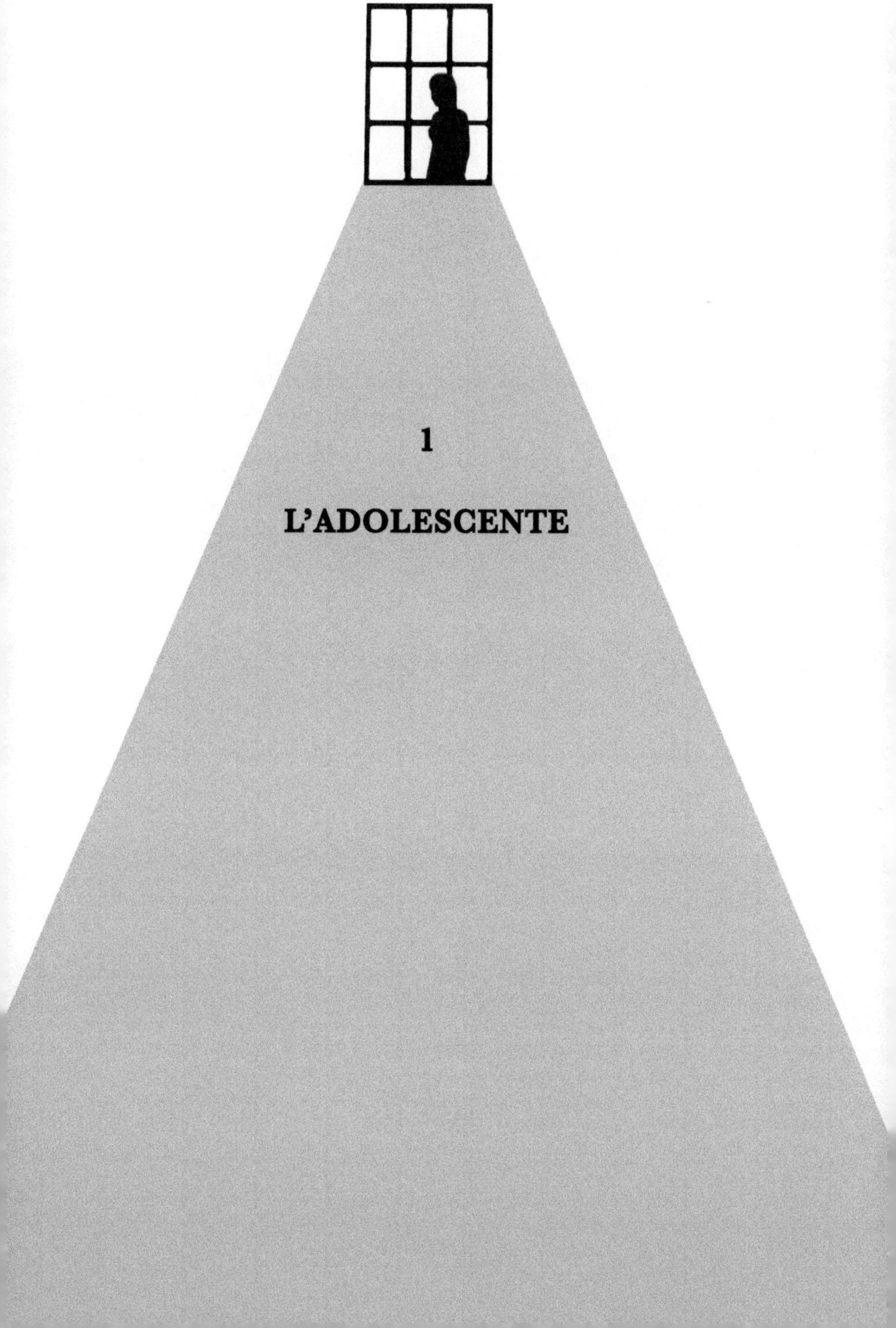

1

L'ADOLESCENTE

Bon. Je me présente : Chély Champyon. Sans blaguer. Mais je vous parlerai de mes parents détraqués plus tard. Pour l'instant, l'unique prénom auquel je réponds, c'est celui que je me suis donné : Cheyenne. Des cheveux noir ébène, une coupe à la garçonne, des yeux vert laser qu'il vaut mieux ne pas trop défier. Caractère de cochon. Aucune patience. Aucune passion. Tendance à souffler toute la journée comme une randonneuse sur une pente escarpée, sauf que je reste scotchée au canapé. Futée, quand même, mais fatiguée. Terriblement lasse, dès le réveil. À quinze ans, c'est mal barré pour les points retraite. Pas sûr, déjà, que j'atteigne le bac. Mon esprit n'est pas structuré normalement, il va bien falloir que l'Éducation nationale s'en rende compte un jour et m'interdise l'entrée de ses geôles à jamais.

À 15 h 59, je ne sais pas ce que je faisais. Je n'ai pas de montre et mon portable était déchargé. J'ai passé la journée dans la maison de l'actrice parce qu'on m'avait invitée.

Mais pourquoi je suis ici ? C'est parce que vous avez découvert la corde dans ma chambre, c'est ça ? Et alors, on n'a pas le droit d'être désespérée ?

Ce n'est tout de même pas compliqué à repérer, une fille inadaptée à la vie : j'ai peint les murs de ma chambre en noir, j'ai tué par manque de soins mon lapin, je me fiche de mes bourrelets comme de mes jeans troués, mes cheveux gras ne sont même pas un hommage aux rastas. Rien ne m'intéresse. Je bloque devant un écran sans jamais trouver quoi que ce soit de transcendant (par transcendant, j'entends : qui mérite de se lever le matin). Et qu'on ne vienne pas me parler de la crise d'adolescence, je ressens ça depuis que je suis née, ou presque. À zéro an, déjà, je pensais : « Est-ce vraiment utile de sortir de ce ventre douillet pour cette salle d'hôpital glacée ? » Sans les forceps, je serais restée planquée, au chaud, à roupiller. Mais il y a toujours des abrutis pour vous forcer à suivre la même voie qu'eux.

Je ne vais jamais me promener en forêt et je n'aime pas la ville non plus. Aucun écosystème n'est adapté au genre hybride auquel j'appartiens.

Le genre à la fois mou et radical qui se fiche de se refaire une beauté pour la prochaine soirée du lycée ou de jouer à qui pissera le plus loin. Le genre suffisamment dégoûté de cette société pour végéter sur un canapé, émettre des grognements à la place de mots, souffler fort et décamper à l'approche d'un être humain. Je fais partie d'une espèce sauvage non répertoriée, égarée, en raison de dérèglements planétaires, dans la région parisienne. Mes parents appartiennent à la race des adultes moralisateurs et débordés, qui ne suivent pas un seul des conseils qu'ils prodiguent à leurs enfants : ils mangent mal, dorment mal, s'entendent mal. Les scientifiques ne les étudient même plus, tellement leur comportement est prévisible et soporifique. Mes frères ont été classés, pour leur part, dans le clan des primates biométriques, clonés avec des souches d'abrutis.

Je vis donc dans un habitat sous-optimal où ma survie est loin d'être assurée. Jamais je n'aurais choisi ce mobilier contemporain ou cette tapisserie fleurie. C'est pourtant dans cet environnement d'un goût douteux que je suis supposée m'épanouir...

Oui, j'habite en face.

Ma chambre, c'est la seule pièce de l'appartement qui ne donne pas sur l'avenue la plus bruyante du quartier, mais sur une arrière-cour au calme. De ma fenêtre, au troisième étage, j'ai une vue plongeante sur l'ancienne imprimerie rénovée en habitation. Un grand loft au rez-de-chaussée est éclairé par une verrière en acier, type atelier d'artiste, et une terrasse bordée de bambous est accessible du premier étage. Dans le jardin, envahi de mauvaises herbes, une cheminée en briques penche comme la tour de Pise. Je ne sais pas pourquoi elle se trouve là ni à quoi elle peut bien servir. En tout cas, il n'y a pas de cadavre enterré dans le jardin, ça, j'en suis sûre.

Depuis qu'on a emménagé ici, il y a deux ans, je vois tout. Je passe des heures à ma fenêtre. Au début, je ne savais pas qui pouvait habiter là, mais j'ai tout de suite pensé au repaire d'une célébrité. Qui d'autre pourrait se payer le luxe de posséder une maison avec une superbe terrasse et un jardin en plein Paris, sans jamais y mettre les pieds ? Une rumeur en début d'année a confirmé mon intuition : selon le concierge d'un immeuble voisin, la propriété appartenait à une jeune actrice, très, très célèbre, souvent en tournage et en promotion à l'étranger. Des paparazzis – trois types mal fagotés à l'air ahuri – ont alors fait le pied de grue au coin de la rue. Sans succès, puisque l'actrice ne s'est jamais montrée. Et ce n'est pas le style de fille à passer inaperçue.

Dans les vidéos sur Internet, on peut la voir se déplacer en voiture avec chauffeur et vitres teintées, quelques fans courant parfois derrière le véhicule en tapant sur le capot. Une de ces filles belles, drôles, talentueuses, et dont la carrière a explosé lorsqu'elle a décroché le rôle principal dans l'adaptation au cinéma d'un best-seller pour adolescents.

Bref, au printemps, une femme de ménage a prétendu que l'actrice l'avait embauchée pour le mois d'août car elle venait passer quelques jours dans la maison avec son entourage. Cette nouvelle rumeur a créé des remous dans le quartier, les gens en parlaient à tous les coins de rue. Même au lycée, des élèves que je ne connaissais pas sont venus me demander s'ils pouvaient reluquer de ma fenêtre. Les fans, je déteste ça. Ils découpent les photos dans les magazines pour les coller dans un classeur qu'ils cachent dans une boîte en carton avec un mot scotché dessus : « NE PAS OUVRIR – TOP SECRET ». C'est complètement idiot : ça donne tout de suite envie d'ouvrir. Je le sais, parce que je l'ai fait une fois, il y a longtemps, au moins plusieurs mois, et que mes frères ont mis à peine quelques jours pour flairer la boîte et fouiner dedans. Sauf que je ne collectionnais pas les photos d'une star, mais des rongeurs morts.

Non, ce n'est pas pour cette raison que j'ai demandé à mes parents de rester seule à l'appartement au mois d'août. J'avais d'autres projets que d'épier une célébrité.

Je peux aller aux toilettes ?

Ce n'est pas facile de se souvenir. Où j'étais, quand, à quelle heure, avec qui. Ces choses-là, on les oublie. En revanche, ce qui nous marque de façon indélébile n'est pas dit, pas lu, pas évoqué en classe. C'est révoltant. Ce qui se passe de pire dans une vie mériterait d'être consigné dans les livres d'histoire avec son nom inscrit en lettres capitales, mais ça finit le plus souvent dans un carnet intime que personne ne lira jamais. Le mien, je le ferme avec une petite clé avant de le cacher à un endroit différent chaque soir pour que mes frères ne viennent pas y fourrer leur nez, puis j'enfouis la clé dans la terre de la plante qui dépérit lentement sur le rebord de ma fenêtre.

Bof, de toute façon, je broie tellement de noir que je n'ai plus envie d'écrire. Je ne vois plus à quoi ça sert de vivre. Il fait trop chaud dans cette pièce, j'ai du mal à me concentrer. Quelque chose en moi ne veut pas se rappeler. Pourtant, je crois que tout a commencé il y a une semaine seulement. Enfin non. Cela vient de loin, de beaucoup plus loin. Le passé n'aime pas toujours qu'on vienne le visiter, il met des pancartes « fermeture estivale » ou des obstacles sur le passage, comme lorsqu'on tire le fil d'une bobine de laine et que sa progression est freinée brusquement à cause d'un nœud. D'où l'expression « se faire des nœuds au cerveau ». Aujourd'hui, j'ai beaucoup de nœuds au cerveau.

Il faut vraiment tout raconter ?

Je vous préviens, c'est compliqué.

Bon, alors, il y a une semaine, mes parents et mes deux frères sont partis chez ma grand-mère, dans le Sud. Craignant l'apocalypse dès qu'elle quitte le foyer, ma mère ne se déplace jamais sans la moitié de ses affaires ni sa malle à pharmacie. Samedi dernier, tout en me faisant part anxieusement de ses dernières recommandations, elle a empilé son chargement dans le coffre. Lorsque la voiture a démarré, aucun membre de ma famille n'a donc passé sa main par la vitre pour me saluer : les bagages encastrés empêchaient tout mouvement. Je les ai regardés s'éloigner du balcon, le regard affligé.

Personne n'a compris pourquoi je préférais rester à Paris plutôt que de partir en vacances à la mer. Moi, je pensais : « Bon débarras. » Mais la joie de me retrouver seule a été de courte durée. Je me suis de nouveau vite ennuyée. J'ai erré dans l'appartement comme un chien abandonné au bord de l'autoroute. J'ai fini par m'étaler sur mon lit en ingurgitant à toute vitesse du pop-corn, telle une poule picorant son grain. Angoisse : 75 %.

Je me sentais comme une moule sur un rocher. Sans son rocher. Un chien, une poule, une moule. Il ne manque plus que le thon pour achever mon portrait.

Je me souviens d'avoir balayé ma chambre du regard, en quête d'une issue quelconque. La moitié de ma penderie était éparpillée par terre ou concentrée en petits tas sur la moquette blanche qui avait viré au beige. Des magazines gondolés par des liquides divers (lait chocolaté, soda, pluie), des mouchoirs usagés, des feuilles de cours déchirées jonchaient également le sol sans logique apparente. Sans logique sous-jacente non plus, d'ailleurs. Tout ce que j'agrippe, je le repose au gré du vent. C'est-à-dire que je le laisse tomber là où je me trouve pour éviter tout effort. Après tout, il n'y a que moi qui habite cette chambre, je ne vois pas qui ça dérange.

Mon lit n'a pas de sommier. Le matelas est posé à même le sol comme un tatami, sauf qu'il est tout mou. Une sorte de moustiquaire en dentelle est nouée des deux côtés de la tête du lit, à environ 1,50 mètre de hauteur, puis accrochée à la poignée de la penderie, près des pieds. C'est plus un auvent affaissé qu'un vrai lit à baldaquin. À la fenêtre, en guise de rideau, j'ai punaisé un tissu hippie avec des fleurs psychédéliques orange et turquoise. Un seul côté est encore fixé car l'autre se décrochait tout le temps, alors j'ai laissé tomber. Et j'ai un bureau, quand même. Mais pas de chaise. Je préfère travailler dans mon lit (je révise à la dernière minute et, en cas de force majeure uniquement, dans les toilettes du lycée). Mon travail à la maison consiste surtout à regarder des séries télé, à lorgner la vie des autres sur les réseaux sociaux et, quand j'ai la force, à écrire mon journal intime.

Pendant quelques mois, j'ai diffusé de l'encens au patchouli, avant de me lasser. L'odeur ayant imprégné les lieux, j'ai tenté de la dissiper en brûlant du papier d'Arménie puis en vaporisant un désodorisant à l'eucalyptus, mais ça a été pire.

De mon lit, je n'ai qu'à tendre la main pour ouvrir le tiroir de ma table de chevet et piocher dans mes réserves de gâteaux à la noix de coco, de chocolat blanc et de bonbons acidulés. Quand j'ai besoin d'autre chose, je slalome entre les tas, me servant à la nuit tombée de mon téléphone portable comme d'une lampe de poche (l'ampoule du plafond s'éteint parfois sans raison, mais je n'ai pas assez de motivation pour la changer). Pour résumer, l'essentiel de mon temps, je le passe allongée à fixer un écran tout en grignotant. C'est rare que je regarde ma chambre comme ça, dans sa totalité.

Ce jour-là, machinalement, j'ai jeté un œil par la fenêtre : aucune lumière n'était allumée dans la maison de l'actrice. Il n'y avait pas un seul bruit dans l'immeuble. Comme ma famille, tout le monde avait dû partir en congés. Pour être honnête (et autant l'être quand on écrit un carnet intime, c'est ce que je me suis dit), le premier symptôme de la solitude provoque une envie irrépressible de hurler comme un bébé. Cette régression au stade du nourrisson, alors que je venais d'avoir quinze ans, c'était la honte. Mais je n'allais pas commencer à me lamenter, j'avais une mission à exécuter : j'avais une semaine pour mettre noir sur blanc mon désespoir avant d'en finir. C'est ce que j'avais décidé. Tout révéler sans rien filtrer. Tant pis pour ma vie privée et mes secrets. Car on ne peut pas dire à moitié, faire semblant en se cachant derrière un avatar ou en griffonnant des petits bouts de papier codés en classe. J'avais prévu de tout écrire et de laisser la clé sur le carnet quand j'aurais disparu.

Des éclairs se sont mis à lacérer le ciel et le grondement de l'orage m'a fait frémir. Les nuages noirs progressaient. Au milieu de ma chambre, une corde au nœud coulant pendait du plafond.

La corde, c'est la première chose que j'ai installée quand ma famille a déguerpi. J'ai fait un nœud coulant et je l'ai passé dans le crochet qui servait auparavant à suspendre les lustres. Puis j'ai senti les battements de mon cœur s'accélérer. C'était la première fois de ma vie que mes parents me laissaient toute une semaine seule dans l'appartement.

Pour ne pas paniquer, je me suis mise à écrire mon «journal de condamnée» affalée sur mon lit. Un ventilateur bruyant peinait à brasser de l'air, j'ai agité mollement devant mon visage moite la liste des choses à faire que ma mère avait mis une éternité à rédiger. Je ne portais qu'une petite culotte (enfin, une culotte de grand-mère pour contenir mes grosses fesses) et un débardeur mité, taché de sauce tomate. Paris était vide. Pour ce week-end de chassés-croisés sur les routes, le ciel orageux était constellé de cafards, des petits nuages noirs sur le point d'exploser. J'ai imaginé les élèves de ma classe coincés avec leurs parents dans les embouteillages. Ils devaient avoir un casque sur les oreilles, un doigt qui glissait sur un écran. Ils jouaient sûrement en ligne à acheter des animaux virtuels, à se construire des vies parallèles ou juste à empiler des cubes à l'infini. Ils s'oubliaient.

D'habitude, le samedi soir, les cafés du quartier sont bondés et les cheveux de mes frères tout gélifiés. Je n'ai jamais le droit de les accompagner dans leurs soirées : ça tombe bien, plutôt crever. Mais, en ce premier soir de vacances en solo, aucun éclat de voix n'émanait des terrasses et je n'ai pas eu à frapper de grands coups sur la porte de la salle de bains pour y accéder. En tentant une méditation apache pour m'élever au-delà de cette terre d'hypermarchés (bras en croix, yeux mi-clos), je me suis endormie sur la moquette. Quand j'ai ouvert à nouveau les paupières, il faisait nuit. J'ai allumé la lampe de chevet et je me suis traînée jusqu'à la fenêtre. Toujours aucune lumière en face. Mon téléphone a vibré.

– Ouais ?

Une voix stressée bien connue a résonné à l'autre bout du fil. Son débit m'a fatiguée d'emblée et poussée à me recoucher. Cinq minutes pour expliquer qu'ils étaient bien arrivés, dans la soirée, et qu'ils n'avaient rien fait depuis.

– Super, maman.

S'est ensuivi un monologue interminable : nourriture, énergie, courrier, inondation, dépression, elle semblait lister tout ce qui pourrait se détraquer et m'emporter outre-tombe. Puis elle m'a reproché de ne pas être encore couchée.

– Comment veux-tu que je dorme en tenant un portable ?

En réalité, l'appareil était coincé entre mon oreille droite et l'oreiller. Elle a parlé encore. Je me suis demandé s'il restait des bonbons bleus, mes préférés ; je les mange toujours en premier. J'ai saisi le premier silence pour abréger le sermon.

– Ouais, ouais, je rangerai, promis. À demain.

Après avoir raccroché, j'ai ouvert le tiroir de ma table de chevet et je me suis goinfrée. À la maison, ma mère cache les plaquettes de chocolat pour que je ne grossisse pas. Elle ferait mieux de s'occuper de ses cuisses. Résultat : je ne pense qu'à manger du chocolat (même si j'avale toutes les saveurs : salé, sucré, épicé, brûlé... J'ingurgite. Les hormones, paraît-il).

Résultat bis : je suis grosse.

Enfin, l'expression médicale plus appropriée serait : « IMC excessif ». Pour les chanceux qui auraient échappé aux visites chez le diététicien, il s'agit de l'indice de masse corporelle. Il se calcule en divisant son poids par sa taille au carré. Si certains surdoués ont un QI supérieur à la moyenne (je précise : quotient intellectuel, pour ceux qui n'auraient pas franchi la moyenne...), moi, c'est mon IMC qui atteint des sommets. Il est au top de la courbe du surpoids, à la limite de l'obésité. Pas de quoi fouetter un chat. Mais ma mère n'en dort pas de la nuit, cherchant à tout prix à infléchir la courbe en m'obligeant à avaler des repas protéinés en poudre et des asperges.

En venir au fait ? Mais je ne sais même pas pourquoi je suis là ! Vous me posez toutes ces questions sans me dire ce qui s'est passé. Il y a eu un mort, c'est ça ?

Non, je ne suis pas allée en forêt dimanche dernier non plus. C'était le premier matin où je me réveillais sans ma famille, ô joie, ô délivrance ! Je me suis levée vers onze heures et, par réflexe, j'ai encore jeté un œil sur les volets d'en face. Ils étaient toujours fermés. Des hirondelles avaient fait leur nid sous le toit, j'ai observé leur ballet en sirotant le reste d'une canette que j'avais oubliée sur ma table de chevet. Du sucre gazeux au réveil, ma mère aurait hurlé. Je l'ai savouré d'autant plus. Pour une fois, personne n'était là pour m'interdire quoi que ce soit ou me « suggérer » le meilleur choix. Victoire.

J'ai fait le point : une dizaine de boîtes de somnifères étaient cachées sous mon matelas, cinq kilos de cacahuètes (je suis allergique à l'arachide) étaient stockés tout au fond de mon placard, sous une pile d'habits, et la corde pendouillait toujours au plafond.

Je suis souvent tiraillée dès qu'il faut faire un choix. Alors, pour l'ultime décision de ma vie, vous imaginez ! Pendant des semaines, j'ai oscillé entre différentes solutions jusqu'à opter pour le cumul : les somnifères, l'allergie, la corde.

Pourquoi attendre l'été pour me faire la peau ? Pour faire comme les Peaux-Rouges.

Je suis dingue des Amérindiens. Ils ont toujours des combines incroyables pour se supporter les uns les autres et éviter de trop se scalper. Quand ils capturent un ennemi, par exemple, ils laissent le choix à une famille en deuil de tuer le prisonnier ou de l'adopter pour remplacer leur fils, leur frère ou leur père défunt. Un peu plus malin, quand même, que la chaise électrique.

En ce qui concerne la mort, chaque tribu a ses rituels. Une option revient souvent : quand une personne est sur le point de mourir, elle doit s'éloigner de sa famille et de son tipi. Elle peut éventuellement se cacher dans un tronc d'arbre au milieu d'une forêt pour rendre dignement son dernier souffle. J'y ai pensé, mais la forêt la plus proche, celle dont vous n'arrêtez pas de parler, se trouve à quinze kilomètres de chez moi, et je n'ai pas mon permis de conduire. J'ai jugé plus simple que ce soit ma famille qui s'en aille.

Cela n'a pas été évident de convaincre mes parents de partir en vacances sans moi. Je me suis lancée au milieu d'un dîner gastronomique concocté par mes soins (nouilles/jambon et le reste des légumes de la veille), un soir de juin, j'ai dit : « Cet été, je reste là. » « Où ça, là ? » a demandé ma mère.

« Là, à Paris. » Je me suis abstenue d'ajouter : pour me trucider. Et j'ai bâti dans mon assiette une hutte avec les asperges en les saupoudrant de paprika pour représenter la terre rouge d'Arizona.

– Tu vas rester seule à Paris alors qu'on sera tous à la plage ?

– Oui.

– Mais tu vas faire quoi ?

– Une retraite.

– Une retraite ?

– Oui, une retraite apache. M'asseoir en tailleur, seule, pour réfléchir à ma vie.

Ma fille est dingue, en a conclu ma mère, à deux doigts de m'interner pour évasion familiale. Mais, à force de ténacité (et à la lecture des articles « Laissez vos enfants respirer » et « Enfin seuls ? Redonnez un coup de fouet à votre couple ! » que j'avais nonchalamment laissés traîner sur leur table de chevet), mes parents ont fini par flancher.

– Une semaine seulement en août. Après, tu nous rejoins chez mamie.

– OK.

Tope là, maman, je serai morte avant. Oui, dans sept jours, j'allais disparaître. J'en étais persuadée. Les autres découvriraient mon corps raide au bout de la corde et diraient qu'ils n'avaient rien vu venir. Que j'étais une fille un peu complexée peut-être, avec un sacré caractère, mais pas de quoi crier au loup. En même temps, on crie souvent au loup quand tous les moutons ont déjà été égorgés. Ce qu'ils ont vu de moi cette année, j'imagine que c'est à peu près ça : un corps de fillette qui, en quelques mois, s'est transformé en baleine. Une baleine récalcitrante qui rechigne à se lever, à réviser, à se poser normalement sur une chaise sans s'agiter ou s'affaisser.

À chaque récré, je m'assois par terre, le dos contre le mur, d'où je peux voir tout le monde sans craindre une attaque ennemie par l'arrière. Je surveille les pions nous surveiller, je me moque intérieurement des élèves rougeauds qui jouent au foot. Je fais semblant de réviser, les cahiers dépliés sur mes genoux, alors que je fantasme une vie plus aventureuse, tournant vaguement les pages à l'approche d'un adulte. Je dois ressembler à un bagnard, sauf que je ne casse pas les cailloux à la pioche, je les jette pour faire ricochet, fixant le terrain vague sur le bas-côté comme on contemple l'horizon au bord de la mer. Aucun cargo ne mouille au large, aucun marin n'accoste au port : toujours les mêmes têtes dans la cour qui crient ou se cachent derrière les buissons pour s'étouffer avec une cigarette. Les filles choisissent les mentholées, les garçons préfèrent les roulées, quoi qu'il en soit leur petite transgression finit en fumée.

Je ne fume pas. Je ne cours surtout pas, je ne fais partie d'aucun club et je ne traîne pas devant le hangar des scooters.

C'est ma forme de rébellion : l'indifférence.

Je maudis en silence la seconde B de ce lycée vétuste à la façade grise lézardée. Mon cœur aimerait franchir le mur du son, submergé par la passion, mais il palpite une fois sur deux. Il accélère pour un rien, un mot de travers ou le regard d'un beau brun. Puis il ralentit brusquement devant un obstacle pourtant programmé (contrôle de maths, pesée, lave-vaisselle), jusqu'à frôler l'encéphalogramme plat. Je mange de la pâte à tartiner comme de la soupe, à la cuillère ; je jette du balcon des ballons remplis d'eau sur des petites vieilles ; je rêve de devenir *Moi, Christiane F., 13 ans, droguée, prostituée…*

J'ai ruminé des trucs déprimants dans ce genre tout le dimanche après-midi, jusqu'à avoir une faim de loup. Dans la cuisine, j'ai préparé un plateau-repas avec tout ce qui me tombait sous la main : charcuterie, chocolat, jus d'orange, pain, cornichons. Je suis retournée manger dans mon lit. J'ai trempé une saucisse de Strasbourg froide dans le pot de Nutella. Puis je l'ai gobée en deux bouchées. Un jour, ai-je pensé, je ne lèverai plus vaguement la main à l'appel de mon nom, je clamerai haut et fort « Cheyenne » du haut de mon château fort ou, plutôt, de l'escalator. Eh oui, je m'appelle Cheyenne, mais je me déplace en métro. Pas facile de garer un poney devant le lycée ni de trouver du foin au supermarché. Mon tipi, c'est un espace de 15 m^2 dans un appartement haussmannien « familial », comme disent les agents immobiliers. Le plancher craque, les murs laissent passer le moindre bruit, pas le bon lieu pour programmer une soirée. Mes frères en organisent quand même tout le temps, et les voisins appellent la police pour tapage nocturne. Mon existence n'est qu'une morne répétition. D'ailleurs, je dis « un jour » mais je pense « plus jamais ». J'en ai marre d'apprendre par cœur des dates historiques sans comprendre ce qui se passe dans l'actualité. De me regarder dans la glace et d'y voir un gros boudin.

D'avoir envie de hurler chaque fois que ma mère crie « à table ». De redouter de devenir violente, un jour. Il y en a bien qui basculent. Qui perdent pied. Qui se croient dans un jeu vidéo avec leur kalachnikov. Ils ne doivent pas trop aimer, non plus, se regarder dans une glace. Qu'avons-nous d'autre en commun ? Je frissonne rien que d'y penser.

Si je prends le temps de tout expliquer dans mon carnet intime, par ordre chronologique, en notant chaque soir les détails sur ma famille, tout ça, c'est pour éviter qu'on écrive ensuite n'importe quoi sur ma tombe. Ou qu'il y ait un de ces discours larmoyants à l'église ou au funérarium sur la disparition précoce d'une âme rebelle, rappelée précipitamment à Dieu.

Soyons clairs : Dieu n'a rien à faire dans cette histoire. Je suis au regret d'annoncer que j'ai délibérément choisi de ne plus vivre dans ce monde barbare pixellisé.

Dimanche dernier ne m'a pas fait changer d'avis. Les heures se sont écoulées aussi lentement que lors d'une excursion à quatre pattes dans une galerie souterraine. Quand la nuit est tombée, je fixais encore la maison d'en face. Et si la femme de ménage avait menti ? L'actrice ne viendrait peut-être pas cet été. Je pourrais ne jamais savoir si une star habitait bien dans mon quartier. Pour ce que ça changerait dans ma vie, de toute façon… Non, c'était plié d'avance. Sur mon bulletin, les profs écrivent des choses comme « peut mieux faire » ou « encore un effort ». Ils ne doivent pas vivre dans le même monde que moi, rempli de normes et d'attentats. Je ne vois pas pourquoi je devrais bâtir ma vie, si elle peut s'effondrer en quelques secondes. Mes frères, eux, savent depuis le collège le métier qu'ils aimeraient exercer (biologiste et concepteur de cerfs-volants). Moi, je n'en ai aucune idée.

– Ce n'est pas grave, tu as tout le temps, me répète mon père, alors qu'il mettait la pression à mes frères. Comme si une fille pouvait faire longtemps le pot de fleurs.

Le pauvre. Il est resté bloqué au 1.0. Il ne se rend pas compte qu'une fille, aujourd'hui, a intérêt à savoir clairement ce qu'elle veut, au risque de finir sans soutien-gorge à nettoyer le capot d'une voiture dans un clip en 3D.

– Tu es sûre que tu veux rester seule ? Mais tu vas faire quoi, ici ?

Mon père n'a pas arrêté de me seriner les oreilles avec ça. Toute seule, cela signifiait « sans nous ».

Comme si je n'existais pas sans eux. Mes frères n'ont pas insisté. Pour une fois, ils n'auraient pas à subir cette petite sœur qui se plaint tout le temps. Quand on est la plus jeune, on passe son temps à traîner dans les pattes des autres. On mendie un jeu, une heure de plus avec les grands, puis on veut les accompagner en boîte de nuit, aux sports d'hiver, boire dans leur verre et fumer leur cigarette. Que la « petite » choisisse cette fois de rester dans la base arrière, à l'appartement, c'était inédit mais cela leur ferait enfin de vraies vacances.

– Pourquoi t'es si chiante ?

C'était la question récurrente de mes frères.

Pourquoi, je ne sais pas.

Depuis quand, j'ai une petite idée.

Je pourrais avoir un peu d'eau ? Et un chewing-gum ? Ça va durer encore combien de temps ? Je n'ai vraiment pas de chance. Tout ça, c'est la faute de ma mère. Je parie que c'est elle qui vous a appelés. Pfff !

Ma mère, pour bien la cerner, il faut l'imaginer comme une barrière ferroviaire qui se referme systématiquement au moment où je veux passer. Elle se colle toujours à moi quand je regarde la télé et rabâche son quotidien pendant le dîner. Parmi ses centaines de défauts, elle en cultive un particulièrement ridicule : elle chine tous les week-ends des vieilleries immondes et poussiéreuses pour encombrer toutes les pièces de l'appartement. En accrochant dans les toilettes, par exemple, une publicité de 1954. C'est ce qui a tout déclenché. Mes projets de suicide, tout ça. C'était après Noël, vers la fin janvier, je me suis retrouvée nez à nez avec cette réclame du siècle dernier, dans les W-C.

L'HEURE DU BILAN

Un homme sur mille accomplit pleinement sa destinée et mène sa vie avec brio. Les autres ont manqué le coche une fois, dix fois, cent fois et ne s'en doutent même pas.

Regardez-vous lucidement. Passez cinq minutes avec vous-même. Jugez-vous à votre véritable valeur. Vous n'êtes pas totalement satisfait de votre situation, de votre gain, de votre mode de vie ?

Alors au travail, et tout de suite. Avec PELMAN, bien sûr. PELMAN QUI CROIT EN VOUS plus que vous n'y croyez vous-même, peut-être !

Surtout, surtout, ne tergiversez pas. Ne temporisez pas.

« Il est plus tard que vous ne le pensez. »

☐ *Je désire recevoir la documentation Pelman S.N. 13 spécialement adaptée à mon cas.*

Je n'allais déjà pas très fort, cette publicité stupide m'a achevée. Elle a produit un effet bœuf sur mon cerveau. Pour la première fois, j'ai développé une réflexion à la vitesse de l'éclair :

1. si je me regarde lucidement, j'ai envie de mourir ;

2. ce Pelman doit être mort depuis longtemps, ou plus très fringant ;

3. ça doit coûter un bras cette méthode de malfrat ;

4. mieux vaut en finir tout de suite que de chercher en vain le bonheur (s'il y avait une recette, il y a belle lurette qu'elle serait matraquée à la télé) ;

5. je laisse ma famille décamper dans le Sud en août et je me donne sept jours, en solo, pour mettre un point final à cette histoire.

Ouah ! Jamais mes neurones n'avaient été autant mobilisés en si peu de temps. Mais patience, ô patience ! Faire semblant d'être une lycéenne comme une autre pour n'éveiller aucun soupçon avant l'été. Bulletin moyen. Bâillements. Petits cris hystériques de temps en temps. Fondre ma graisse dans la masse.

J'aimerais pouvoir écrire simplement, d'un trait, ce qui me donne envie d'en finir, mais ce n'est pas évident de saisir un vague à l'âme. On peut lancer longtemps un lasso dans le vide.

Il faudrait distribuer à tout nouvel arrivant, au lycée, une dissertation corrigée en trois points (« pourquoi vivre, comment, pour combien de temps ») avec introduction et conclusion, avant de lui demander d'étudier quoi que ce soit. Car il doit bien exister une solution. Une clé magique à tourner pour se mettre à ricaner comme tous les demeurés de sa classe, à se réjouir des soldes ou à trépigner en attendant le nouvel épisode d'une série télé ; un rituel à adopter pour se fondre dans cette société, en faisant comme la plupart des gens : fermer les yeux sur sa violence et les écarquiller devant ses vitrines.

Avant d'en arriver à cette solution extrême, pourtant, j'ai gambergé. Comment voir la vie en rose ? Tout le mois de février, j'ai cherché désespérément le mode d'emploi. J'ai lu les quatrièmes de couverture dans la bibliothèque de mes parents et du CDI. De nombreux livres proposaient de vivre plus vieux, plus riche, plus beau. Mais « pourquoi vivre », tout simplement, cela n'était précisé nulle part. Quant à Internet, je déconseille à tout être déprimé d'y chercher le réconfort. Il suffit de taper « conseil » et « bonheur » dans un moteur de recherche pour mesurer l'étendue de la bêtise humaine. Les charlatans du bien-être, prêts à faire leur beurre sur mon malheur, rivalisaient de slogans coup de poing pour m'appâter.

1 seule recette light pour le bonheur.

2 règles d'or pour famille décomposée.

3 kifs par jour pour victimes de jeunisme.

4 commandements pour être heureux.

Top 5 des trucs et astuces pour tripler le nombre de ses amis sur les réseaux sociaux.

La formule en 6 étapes pour transformer son corps flasque et flétri en poupée Barbie.

7 clés qui vont changer votre existence misérable.

8 méthodes scientifiques pour planer en toute légalité.

Envie de vous pendre ? 9 conseils pour se rebooster.

Les 10 citations de Bouddha pour atteindre le nirvana (ou de Gandhi, du dalaï-lama, de mamie Nova ou de la mère Michel).

Finalement, seules deux propositions me sont apparues pertinentes pour affronter ces temps perfides : le guide de survie contre les zombies et les règles à suivre pour éviter la gastro-entérite. Mais aucune n'a révélé ma joie de vivre...

En mars, j'ai dû me faire une raison : aucun mémo ne précise comment reprendre goût à la vie quand on a quinze ans, une chambre peinte en noir, plus de lapin, des bourrelets, des cheveux gras, de l'acné, une famille siphonnée, un lycée insalubre et une alerte attentat dans son pays. Bravo, tous les philosophes, scientifiques et autres experts de l'âme qui ont réussi à pondre des pavés sans traiter mon cas particulier !

À la maison, je n'ai pas trouvé plus de réponses à mes questions. Le même disque rayé tournait en boucle.

– Chély, tu as fait tes devoirs ? Tu as rangé ta chambre ? Chély, tu termines tes devoirs. Tu éteins la télé !

Et je répondais en hurlant :

– CHEYENNNE !

Avec les idées noires, j'ai découvert le rouge. Rouge la mauvaise note sur ma copie, rouge le feu que je brûlais à vélo, rouges mes joues. Quelle chaleur ! J'ai haussé le son pour ne plus entendre le disque rayé. Je me suis mise à écouter la musique à fond, à parler fort, à me cacher derrière les portes et à crier pour surprendre les autres, à mâcher la bouche ouverte, à m'exclamer pour un rien, à râler pour tout. Je masquais mon secret.

J'ai vraiment dit « secret » ? Vous êtes sûrs ? Oh, c'est une erreur. Ce n'est pas grave. Ce n'est pas comme si j'avais tué quelqu'un, hein ?

Oui, je continue. Dimanche soir. Angoisse : 60 %. Comme quoi, on s'habitue à tout. Une pluie fine émettait des clapotis sur le rebord de la fenêtre. Le ciel était gris, l'atmosphère toujours étouffante. L'orage allait bientôt éclater. Combien étions-nous à ne pas être partis en vacances et à guetter une éclaircie ? Les hirondelles dansaient dans l'air. Moi, quelle que soit la météo, je fais du surplace. Mes piles tournent au ralenti depuis que je suis au lycée. J'ai pensé que l'actrice d'en face devait mener une vie trépidante, elle, pleine de voyages et de romance. Je n'avais aucune intention de lui demander un autographe ou une photo dédicacée. Je me fiche de l'univers des célébrités.

Si je foule un jour le tapis rouge, je suis sûre que les autres se réjouiront pour moi tout en ayant (je ne suis pas dupe) un goût amer dans la bouche.

Quand je dis « les autres », je pense toujours à ma mère. Comme si elle avait avalé le monde entier en me donnant naissance. Une fois, elle a confié que mettre au monde une fille, c'était comme une douceur qui écorchait tout sur son passage.

Elle a honte quand mes bourrelets dépassent de mon jean. Elle fait des petites grimaces quand les gens me trouvent jolie. Je crois qu'elle confond son corps et le mien.

Elle aurait préféré, probablement, une fille aux cheveux longs, blonds, avec des œufs au plat sur le torse, des petites fesses rebondies, des fossettes au creux des joues et des yeux couleur de l'océan Pacifique. L'actrice d'en face, quoi. Pas de chance, c'est une rondouillarde poilue qui est sortie de son ventre et qui n'a encore rien fait dans l'existence, après quinze années à vider en continu son réfrigérateur.

Ce soir-là, les hirondelles voltigeaient de plus en plus vite, mais je n'apercevais aucune star ni soucoupe volante : aucun symbole mystérieux. C'était désespérant, de ne rien voir venir.

Pendant les quatre années du collège, j'avais attendu vainement que quelque chose se produise. Un coup de foudre, un coup de bol ; un casting sauvage qui me repère et me propulse au firmament. Mais mon étoile avait fait chou blanc. Le brevet en poche, aucun événement hors du commun ne s'était décidé à survenir. De collégienne fade, j'avais mué en lycéenne en crise.

Les adultes adorent ce mot : « crise ». Selon le dictionnaire : « Manifestation soudaine ou aggravation brutale d'un état morbide. » La crise peut être cardiaque, biologique, économique, ministérielle ou, bien sûr, d'adolescence. Et pour réparer les dégâts une fois la crise installée, il faut se lever tôt ! Ce que je ne fais jamais (même pour aller en cours, je me lève à la dernière minute).

Veiller tard, en revanche, je suis habituée. Je surfe sur le Web pour retarder l'heure du coucher. En ce dimanche morose, j'ai tapé le nom de l'actrice dans le moteur de recherche. Son visage s'est affiché sur la page d'accueil d'un magazine people. Celui que soi-disant personne ne lit, mais qui se vend quand même à des centaines de milliers d'exemplaires. C'était étrange de la voir sur un écran, photographiée à Los Angeles, alors qu'elle pouvait se trouver à quelques mètres de moi dans les prochains jours. Elle portait des lunettes de soleil et des habits sans forme, ce qui m'a paru assez contradictoire. Du genre : « Je cherche à passer inaperçue, mais, surtout, ne ratez pas mon apparition ! » Sa main levée tentait de cacher son visage, tout en soulignant son statut de star traquée. Du grand art.

J'ai cliqué sur des dizaines de sites pour me renseigner sur elle. J'ai lu tout ce qui se disait sur sa carrière et sa vie privée. J'ai découvert qu'elle était née le même jour que moi, le 5 juillet, mais trois ans plus tôt. Ces trois années représentaient une éternité. Ce n'est pas tant le fait qu'elle soit majeure et moi encore au lycée qui m'a déprimée, c'est surtout l'extraordinaire mode de vie qu'elle devait mener en comparaison du mien. Plus d'un million de fans suivent son profil sur les réseaux sociaux. Il suffit qu'elle écrive une phrase des plus banales comme « Bonne journée à tous » en postant un selfie pour que, en quelques minutes, des milliers de personnes s'extasient en laissant un commentaire. C'est incroyable. Elle est actrice depuis ses treize ans et elle a tourné, depuis, dans une quinzaine de films, dont trois blockbusters. Elle change d'amant tous les deux mois. Elle voyage tellement qu'elle confond parfois les pays dans lesquels elle se trouve. Pour moi, pas de doute : j'ouvre toujours mes paupières dans le même environnement.

Mon téléphone a vibré.

– Ouais ?

Deuxième appel du jour. C'était dans la moyenne. Quand on est séparées, ma mère m'appelle matin, midi et soir, mais je n'ai jamais ressenti les effets bénéfiques de cette ordonnance fusionnelle.

La nuit était tombée, je n'entendais plus le clapotis de la pluie. Ce silence m'a angoissée. À part ma mère, personne n'avait cherché à me joindre. J'ai consulté l'écran, il n'y avait aucun message. Alors que j'étais à deux doigts de sauter par la fenêtre, soudain mon regard a été attiré par une auréole lumineuse, au-dehors. Je n'en ai pas cru mes yeux : l'un des trois volets était ouvert en face.

La flamme d'une bougie scintillait au deuxième étage.

Je n'ose pas compter les heures que j'ai passées dans ma chambre à rêvasser à d'autres vies. À me projeter dans d'autres corps. À fixer des volets fermés. Mais, ce soir-là, pour la toute première fois, quelqu'un avait ouvert les volets et se promenait dans la maison de l'actrice avec une bougie. J'en tremblais presque. J'ai éteint la lumière de ma lampe de chevet et je me suis faufilée dans le noir jusqu'à la fenêtre pour mieux épier, sans être vue. La lueur se déplaçait lentement, elle était trop faible pour me permettre de discerner la personne qui tenait la chandelle ou l'intérieur de la maison. J'apercevais juste cette flamme briller dans une pièce du deuxième étage comme celle d'un phare à l'horizon, puis elle a disparu. Un éclair a éclaté dans le ciel. J'ai essayé de compter les secondes qui le séparaient du grondement pour évaluer la distance de l'orage, mais j'avais du mal à me concentrer, je ne pensais qu'à l'actrice. La flamme est finalement réapparue à la même fenêtre, a disparu, a réapparu. Et si c'était un cambriolage ? J'ai serré fermement mon portable dans ma main sans bouger. Il aurait peut-être fallu appeler la police. Ou mes parents. Mais, sur le coup, je n'arrivais pas à réfléchir. De longues minutes se sont écoulées. Soudain, la silhouette d'un homme s'est profilée sur la terrasse. Le bout orangé de sa cigarette se déplaçait comme une luciole de sa main à sa bouche. Je ne discernais pas son visage, dissimulé sous une casquette, mais il semblait grand, svelte, il s'est dirigé en boitant vers la bordure de bambous, a écarté des tiges et s'est penché en avant pour examiner le jardin. Lorsqu'il a eu fini sa cigarette, il a écrasé le filtre sous son pied, puis il a ramassé le mégot et l'a enfoui dans sa poche avant de s'en aller. Plus rien ne s'est passé. Il n'y avait plus de lumière en face, plus d'inconnu sur la terrasse. La nuit a tout enrobé.

J'ai ouvert la fenêtre pour reprendre mes esprits, en me demandant si j'avais rêvé. Le vent s'est mis à souffler. En quelques secondes, l'air humide est devenu plus froid, plus agité. Un grondement lointain s'est rapproché, comme un rouleau dans l'océan le vent s'est engouffré dans le feuillage des arbres, des volets ont claqué, des jouets en plastique oubliés dans l'herbe ont roulé vers le muret, poussés par cette haleine brusque et fraîche de l'orage. À travers les branches tremblantes d'un tilleul, j'ai soudain revu l'homme à la casquette. Il progressait péniblement dans le jardin en traînant la patte. Une auréole jaune le précédait. Il s'orientait avec une lampe de poche et ployait sous le poids d'un paquet qu'il portait sur son dos. Je me suis cachée derrière le rideau, ma chambre toujours plongée dans le noir et la fenêtre ouverte. En fermant les yeux, je pouvais entendre le « scratch », « scratch » de ses pas dans la terre, puis un bruit sec, comme un paquet jeté à terre. J'ai rouvert les yeux. L'homme s'était arrêté devant la cheminée en briques, il creusait un trou dans la terre avec une pelle. La gorge sèche, je n'osais plus avaler ma salive. Je discernais mal les formes, c'est seulement quand la lampe de poche s'est déplacée à nouveau que je me suis figée en apercevant le paquet au sol : des bras d'enfant semblaient dépasser d'un drap. J'ai aiguisé mon regard. Il y avait bien un petit corps inerte dissimulé sous un tissu blanc. Brusquement, d'un coup de pied, l'homme a poussé le cadavre dans le trou puis l'a recouvert de terre.

La lampe de poche s'est éteinte, les « scratch », « scratch » des pas ont repris. Puis rien.

Je suis restée cachée longtemps derrière le rideau, pétrifiée. Lorsqu'un nouvel éclair a fendu le ciel, j'ai fini par fermer la fenêtre et regagner mon lit. Allongée dans le noir, je sentais encore mon cœur battre la chamade. Le vent s'est mis à cogner de plus belle contre les carreaux. Des gouttes se sont écrasées une à une, lentement, sur la fenêtre, puis une pluie drue et mécanique s'est abattue sur la ville. D'habitude, j'adore le son de l'averse. Mais après cette scène terrifiante, ma tête s'est mise à tourner. Mon corps glacé s'est enfoncé dans le matelas. La couette épaisse relevée jusqu'au menton, j'ai gardé les yeux ouverts comme lorsque j'étais enfant et que j'avais peur des monstres sous le lit. Un frisson m'a saisie.

C'était la première fois de ma vie que je ressentais ça : quelque chose d'incontrôlable dans mon corps qui menaçait d'exploser.

Je me suis réveillée en sursaut, lundi matin, avec une angoisse obscure : un assassin avait enterré dans le jardin de l'actrice le cadavre d'un enfant. J'ai cherché nerveusement mon téléphone pour appeler ma mère et tout lui raconter. Mais, au moment de cliquer sur son nom dans le répertoire, quelque chose m'a retenue. Ne valait-il pas mieux me taire ? Pour une fois qu'un événement fissurait mon quotidien. Même si c'était un drame... Que faire ? Ce tiraillement, je ne l'avais jamais ressenti auparavant. Enfant, le monde paraissait simple : il se scindait entre les autres et moi. Je découvrais désormais qu'il existait en moi de nombreuses facettes, plus complexes. Il y avait un mort enfoui dans le jardin et, malgré l'envie de m'enfuir en courant, cela me semblait impossible de l'abandonner là.

Je n'ai pas répondu aux appels répétés de ma mère. J'ai rôdé dans l'appartement comme une voleuse à la recherche de bijoux, ouvrant les tiroirs, fouillant les poches des manteaux. Mes parents avaient-ils laissé un guide de survie quelque part ? Une notice pour s'en sortir dans la vie sans trop d'égratignures ? Mais je n'ai trouvé que des factures, des relevés bancaires, des tickets de caisse. Dans les chambres de mes frères, je me suis assise sur leurs lits. Qu'auraient-ils fait à ma place ? Au football, ils semblaient toujours maîtriser la situation, affinant leur stratégie durant les arrêts de jeu. Moi, je restais dans les cages, les genoux tremblants, en attendant que la balle vienne s'écraser sur mon visage. Avec un peu de chance, il n'y aurait pas but...

Après l'orage, il y a eu cette odeur piquante de terre mouillée. Dans la salle de bains, devant le miroir, j'ai ébouriffé mes cheveux, j'ai fait une grimace. Et je me suis mise à rire nerveusement. C'était quand même incroyable : un crime avait eu lieu avant que je n'aie commis le mien ! Il ne manquait plus que ça. Franchement, j'avais la poisse. Quelle probabilité y avait-il, dans ma vie, pour que j'assiste à l'enterrement d'un cadavre par un assassin boiteux à casquette ? Comme si je n'avais que ça à faire, moi, de dénoncer des criminels ! Des policiers auraient débarqué dans ma chambre comme des cow-boys et découvert la corde attachée au plafond, en fouillant ils auraient trouvé un stock de somnifères pour un régiment. À tous les coups, c'est moi qui aurais été arrêtée.

Il était préférable de ne rien faire. Ne rien dire à qui que ce soit puisque j'avais prévu de disparaître, de toute façon, quelques jours plus tard. La marche déglinguée de ce monde continuerait sans moi.

En entamant un paquet de chips saveur barbecue, j'ai regretté de ne pas être partie à la mer avec ma famille. Enfin, plutôt, je m'en suis voulu. De ne pas être comme les autres, à me satisfaire du calendrier scolaire. Chouette, les grandes vacances ! Tous à la plage ! Cela m'aurait épargné la frousse et la confusion que je ressentais désormais.

– Espèce de fêlée ! ricanent des crétins, en classe, lorsque je noircis mon cahier de têtes de mort.

J'ai peur qu'ils n'aient raison. Suis-je vraiment folle ? Il faut toujours que j'imagine un naufrage sur une île déserte quand la météo est au beau fixe et que j'écrive tous les détails dans mon journal intime. Telle une aventurière de l'âme, j'explore ma crise d'adolescence et son état morbide qui se sont répandus comme une tache d'huile dans mon existence. Mon matériel tient dans une main : un stylo et un carnet. Mon arme la plus redoutable, c'est mon

IMC. Ma réserve de graisse et de cellulite pour passer l'hiver. Mon corps rond peut se fondre dans le décor pour espionner le repaire d'une star. Ou la cachette d'un assassin. Super...

Toute la journée de lundi, encore sous le choc, les yeux hagards, j'ai mangé machinalement des gâteaux secs. À bas la cantine et ses raviolis froids, je me suis dit. À bas les autres ! Quand même, je me sentais seule. Pour briser le silence, j'ai allumé la radio. Un cyclone avait dévasté toute une ville des tropiques, un train avait déraillé dans un pays voisin. Un petit garçon avait disparu. J'ai tendu l'oreille. L'enfant avait été aperçu pour la dernière fois dans un square en banlieue parisienne. Un avis de recherche était lancé.

Je n'avais rien vu. Non, non, non, je n'avais rien vu et je n'allais rien dire. Je devais rester focalisée sur mon suicide. Ne pas me laisser dévier. Il n'y avait rien à espérer, rien à obtenir, allez, encore des chips, des pixels, du sucre, du spray désodorisant, mon testament.

Aucun assassin à casquette n'est revenu lundi dans la maison de l'actrice. Mardi matin : vibrations. J'ai été réveillée par les secousses de mon portable que j'avais oublié sous mon oreiller. Pas besoin d'être devin pour savoir que « Maman » s'affichait sur l'écran. Mes paupières se sont soulevées péniblement. Je rappellerais plus tard. Le clapotis de la pluie a repris, comme pour narguer tous les Parisiens qui n'étaient pas partis en congés sur des plages bondées. Après vingt minutes à éclore de mon sommeil, je me suis dirigée vers la fenêtre. Tous les volets étaient ouverts, en face.

Du troisième étage, j'avais une bonne vue sur la terrasse et le jardin, mais je n'avais qu'un aperçu partiel de l'intérieur de la maison. La verrière du rez-de-chaussée n'avait pas de volets, je ne parvenais pas pour autant à discerner le mobilier. Au premier étage, l'espace devant la baie vitrée menant à la terrasse m'était visible, mais pas le fond de la pièce. Seul le deuxième étage de la maison m'apparut clairement : il était divisé en trois petites pièces d'une superficie à peu près identique. Des hommes à la carrure de camionneurs transportaient des meubles, des cartons et un grand miroir. Ils disparaissaient régulièrement de mon champ de vision lorsqu'ils allaient dans les étages inférieurs. La femme de ménage s'activait également, ainsi que deux filles qui semblaient être des assistantes (elles passaient leur temps pendues à leur téléphone en prenant des notes sur un petit calepin). Tout ce monde s'affairait en chœur, évoquant le ballet des femmes de chambre dans un palace.

Apathique, une paille dans la bouche pour siroter du soda, j'ai observé l'effervescence tout l'après-midi. Mon portable a vibré trois fois sans que je décroche, trop obnubilée par l'emménagement. J'ai détaché mes yeux du spectacle d'en face uniquement pour me préparer un sandwich. Lorsque la nuit est tombée, les pièces de la maison se sont éclairées et j'ai pu discerner plus précisément les lieux. Les pièces s'étaient garnies de l'essentiel (literie, chaises, tables) et du superflu (vases emplis de roses rouges, écran plasma, statues africaines, tapis indiens). La maison était enfin meublée, nettoyée, fleurie, prête à accueillir sa princesse des temps modernes.

Cela m'a fait penser que je n'avais pas rangé ma chambre depuis la fin du premier semestre. Je me suis retournée pour vérifier l'état des lieux. C'était toujours autant le foutoir. Et cette corde qui se balançait au moindre courant d'air... Pas sûr que j'oserais m'y pendre. Les somnifères, c'était quand même plus rassurant. Je suis allée chercher les boîtes sous le matelas. Au moment où j'ai commencé à les empiler sur mon bureau pour les compter, mon téléphone a de nouveau vibré.

J'ai calé l'appareil entre mon épaule droite et mon oreille, le cou tordu, et j'ai continué mon tri de médicaments. Ces derniers mois, dès que je le pouvais, je subtilisais un ou deux cachets dans les boîtes de somnifères de mes parents.

– Ouais ?

Bla-bla la météo, bla-bla ta chambre, ton régime, ta mauvaise humeur. J'ai levé les yeux au ciel pendant qu'elle me faisait la morale, avant de m'énerver.

– Mais je range, là, maman ! P'tain, t'es chiante !

Elle a fait comme si elle n'avait rien entendu. Ne trouvant pas son châle dans sa valise, elle a voulu que j'aille vérifier dans sa penderie. Évidemment, elle l'avait oublié. Je l'ai aperçu sur le dossier d'une chaise, près de son lit. Elle oublie toujours quelque chose : ses clés, son sac, le dîner dans le four, l'eau du bain.

– Mouais, il est là.

En l'attrapant brusquement, j'ai renversé une ancienne boîte de médicaments qui traînait sur la table de chevet. Ma mère avait dû vider les tiroirs en quatrième vitesse pour préparer sa valise et oublier de ranger. Les pilules rouges se sont éparpillées sur la moquette blanche. Je ne les avais plus vues depuis l'événement.

– Mais oui, j'te dis, il est là !

J'ai hésité, mais je n'ai pas ramassé, car j'avais déjà le portable dans une main et le châle dans l'autre. Je me suis assise sur le lit de mes parents pendant que ma mère s'est mise à raconter leur journée à la plage. J'entendais des mots : coquillage, vent, blessure au pied. J'écoutais d'une oreille distraite les exploits de mes frères, je pensais à l'avant. Avant l'événement.

Je l'appelle « l'événement ». Mon père, « l'incident ».

Mes frères n'en parlent pas.

Il habite tout entier ma mère. Elle cherche tellement à l'oublier qu'elle n'est plus là, du coup, qu'à moitié.

Un avant, un après. Le monde a basculé dans une trappe, les fruits ont perdu leur saveur, mon lit son sommier.

Ça m'a frappée. La vie d'avant. Sans pilules rouges. Sans secret, car il ne faut pas en parler. Chut !

– Chut ! Ta maman se repose.

– Elle est malade ?

– Mais non, elle a juste mal à la tête, ça va passer.

– Pourquoi elle ne mange pas ?

– Chut !

– C'est ma faute ?

« Chut ! », intimait toujours le père avant d'aller travailler. Je venais d'entrer en sixième. Je crois bien que j'avais encore mon sac à dos rose de l'école primaire avec des autocollants d'une chanteuse ringarde collés sur ma trousse.

Au téléphone, ma mère a continué son monologue, sans même se rendre compte que je ne parlais plus depuis plusieurs minutes. Elle était en roue libre. Je l'ai revue dans son châle, il y a quelques années, avaler péniblement ses pilules. Cette image de ma mère, pâle et absente, elle qui était désormais tout le temps sur mon dos, m'a serré le ventre. J'ai ressenti une colère noire. À l'époque, j'aurais pu lui mettre ma main dans la figure pour la secouer. Oh, frapper une malade ! Frapper sa mère ! Les gens auraient été scandalisés. On m'aurait fixé des rendez-vous avec tous les spécialistes de la ville pour me soigner. Que lui est-il arrivé, à cette petite ? Elle paraissait pourtant si sage. Et la pauvre femme, elle qui tient à peine debout, on dit que les pompiers l'ont trouvée inanimée sur le palier. Le choc, vous comprenez. Mise à terre par sa propre fille qu'elle avait mise bas. Vraiment, les jeunes tournent mal. Il faudrait les forcer à avaler de la soupe, les clouer à leur siège, leur couler du plomb dans les ailes.

Après la plage, ils avaient mangé des moules-frites.

– Dommage, tu n'étais pas là.

Elle l'a dit plusieurs fois et ça m'a agacée. Je n'aime pas les fruits de mer, elle le sait, pourtant. Et je préfère dîner seule. Quand je m'enferme à clé dans ma chambre, ma mère tambourine à la porte, exaspérée. Je me protège de ses cris en appuyant fermement mes mains sur mes oreilles. Heureusement qu'un fil ne nous relie pas, elle le tirerait, tirerait, jusqu'à m'aplatir et me faire passer dans le mince filet sous la porte. Une Chély, petite chérie, totalement dévouée, il n'y aurait plus qu'à la ranger dans un tiroir en attendant le prochain repas. On la sortirait, la repasserait, l'habillerait d'une jolie robe pour la photo de famille et son destin déjà serait scellé. De quinze ans jusqu'à la vieillesse, juste une gentille fille qui ne crie pas, ne frappe pas, n'a aucune pulsion agressive. Pas de rêverie qui dérape. Elle aime tout le monde, elle aime son tiroir, sa mère l'adore. Sa mère l'aime tellement qu'elle la garde bien au chaud et aplatie dans un tiroir pour qu'elle soit parfaite pour le dîner. Oh oui, elle mange toute sa soupe. Et ses yeux ne présentent aucun défaut. Ils voient parfaitement clair, tout le tiroir leur est parfaitement visible, il n'y a même pas à éclairer.

J'ai pensé à l'assassin, au coup qu'il lui asssénerait.

– Oui, oui, je t'entends, maman. Pas de sucre, pas de féculents. J'ai compris. C'est ça, à demain.

L'assassin ? Non, je ne l'ai pas vu frapper l'enfant, il avait juste enterré son cadavre. Mais je ne connaissais pas encore son prénom, alors je l'ai appelé « l'assassin ».

Quand je suis retournée dans ma chambre, ce mardi soir, la nuit commençait à tomber. J'ai jeté le châle de ma mère sur mon lit. Cela a accentué mon cafard, cette heure entre chien et loup : comme si je risquais d'être piégée à jamais entre le jour et la nuit. J'ai repris mon tri : il y avait au total 23 cachets, cela ferait l'affaire. Mon téléphone a sonné. Ma mère avait dû encore oublier quelque chose. Je m'en fichais. L'appareil a vibré pour signaler un message, je l'ai effacé sans même l'écouter. J'ai pensé que si j'étais une star, j'embaucherais une assistante dont le travail consisterait uniquement à filtrer les appels de ma mère.

D'ailleurs, si j'étais une star, je n'aurais pas de mère. Je graviterais dans une planète sans mère.

En jetant un œil en face, dans la maison de l'actrice, la surprise m'a fait lâcher mon portable, qui est tombé par terre avec la coque détachée d'un côté et la batterie de l'autre. J'ai aperçu, sidérée, l'assassin discuter tranquillement dans le salon avec les deux assistantes ! L'une d'elles a sorti un portefeuille et lui a donné de l'argent. Sous le choc, je me suis demandé ce qui se tramait. Mais pas de doute, c'était lui. Même silhouette, même casquette.

J'aurais dû sauter dans mon jean, enfiler la pelure sans forme qui me sert de manteau depuis l'Antiquité, dévaler les escaliers pour rejoindre la maison de l'actrice et me précipiter à l'intérieur en criant : « Cet homme est un assassin ! C'est un assassin d'enfant ! »

Mais à peine ai-je eu le temps d'y penser que tout le monde avait déjà quitté les lieux, sauf le meurtrier. Je l'ai observé derrière la fenêtre. Il a enlevé sa casquette. J'ai été surprise qu'il soit si jeune. Il avait presque mon âge, quelques années de plus, peut-être. Lorsqu'il est sorti sur la terrasse pour fumer une cigarette, j'ai pu enfin contempler son visage. Sa peau était pâle, ses pommettes saillantes et ses lèvres bien dessinées. Je n'aurais pas soupçonné qu'un assassin puisse être aussi beau gosse… Et qu'il puisse dégager une impression aussi troublante : une douceur émanait de son regard, en même temps qu'une noirceur. L'épier m'a provoqué des palpitations.

À la fin de sa cigarette, il est rentré et s'est installé dans le salon. La lampe halogène teintait la pièce d'une lumière chaude. Il y avait un canapé, un fauteuil, un grand miroir et un vase de roses rouges sur la cheminée. L'assassin a déplié un duvet et s'est allongé dans le canapé, devant la cheminée éteinte. En fermant les yeux, j'ai imaginé un feu scintiller, des braises crépiter, je pouvais presque sentir l'odeur de pin envahir ma chambre. Je me suis vraiment crue de l'autre côté, là-bas. Là où tout se passait.

Pendant un moment, je me suis laissé happer par cette rêverie. Quand j'ai rouvert les yeux, la première chose que j'ai aperçue, c'est la cheminée en briques. En repensant au cadavre, mon cœur s'est mis à palpiter. Comme à l'époque où ma mère était tombée malade, après l'événement, et que les battements de mon cœur m'empêchaient de dormir. J'avais alors commencé à fermer ma chambre à clé. J'appréhendais chaque matin de me lever. La main tremblante, au lieu de noter ce que le prof dictait, j'écrivais sur mes cahiers des histoires délirantes (ma préférée : la saga d'écoliers dévorés par des vampires au vomi fluorescent). J'imaginais des choses que les autres ne voyaient pas : des ovnis dans le ciel, des insectes répugnants dans les cheveux de mes frères. Mes parents m'avaient envoyée chez un psychiatre. Il m'avait prescrit des pilules. J'avais dit «plutôt crever» et négocié, à la place, dix séances d'acupuncture. Cela avait amélioré mon sommeil en classe, mais pas mes cauchemars la nuit.

Les choses avaient fini par se tasser et mon comportement étrange avait été mis sur le compte de la puberté. Jusqu'à ce que la publicité stupide dans les W-C fasse remonter mon cafard en m'incitant à me poser mille questions sur mon existence. Je me suis remise à noircir mes cahiers toute la nuit. Alors, j'ai eu beau compter les moutons pendant une éternité, je ne suis plus parvenue à m'endormir. Car, oui, il arrive un jour que son petit monde s'effondre et qu'on n'ait plus le goût de vivre.

Voilà.

Voilà le genre de choses qu'on ne confie qu'à son carnet intime et surtout pas à ses parents ou aux profs. Même pas vraiment aux copains... Déjà, personne n'a envie de l'entendre. Et surtout, personne n'ose le dire, de peur de passer pour un maniaco-dépressif ou le dernier bout de PQ du rouleau.

Terminée l'époque de *La Petite Maison dans la prairie* avec les enfants qui gambadent cheveux au vent parmi les poules, les chevaux, qui jouent tous ensemble dans les ballots de paille. Aujourd'hui, c'est l'asphalte, le surgelé, le mondialisé. C'est la portion individuelle, le mot de passe, la courte durée. Des emplois éphémères, des partenaires éphémères : des vies mâchées trop vite, sans goût. Je l'ai écrit dans une dissertation, le prof a marqué « hors sujet ».

Quand même, quel cirque ! Quel cinéma on nous vend quand on est au lycée, avec les examens, les diplômes, le projet professionnel, la carrière, la bonne filière. Ils nous prennent pour des quiches. Et ça ne date pas d'hier. Déjà, quand on bricole deux, trois babioles à la maternelle, les parents font semblant de s'extasier devant ces cadeaux branlants offerts à la fête des Mères.

Penser à tout ça m'a rendue triste. Ma famille était partie samedi, nous étions mardi, et un assassin avait chamboulé mon programme morbide. Pour oublier mon mal-être, j'ai regardé des vidéos à la chaîne. J'en visionne tous les soirs. Elles durent rarement plus de cinq minutes. Des adolescents se filment dans leur chambre en improvisant des sketches ou en commentant leurs films et leurs jeux en réseau préférés. Certaines vidéos, plus ridicules et destinées exclusivement aux filles, prodiguent des conseils pour se coiffer ou s'habiller. Je ne teste jamais leurs produits de beauté, je veux juste voir ce que regardent les autres filles du lycée pour m'assurer que je ne leur ressemble pas.

Oui, j'ai quinze ans. Je vous l'ai déjà dit. Mes frères sont plus vieux. Un garçon de dix ans ? Je n'en connais pas. Pas dans mon entourage proche, en tout cas.

Quand on a quinze ans, les vieux adorent nous interpeller avec des yeux gourmands et nostalgiques en s'exclamant : « Ah, la jeunesse, c'est le plus bel âge de la vie ! » Bande d'hypocrites. Comme si on ne voyait pas dans le miroir l'armée de boutons qui a germé sur nos joues, qu'on n'entendait pas nos voix déréglées ni les ordres incessants qu'on nous crie dans les oreilles. Réveil, trajet, cours, réfectoire, cours, trajet, devoirs, vaisselle, coucher. C'est pire que l'armée, les années lycée. Alors si c'était la meilleure période de l'existence, j'estimais qu'il valait mieux s'arrêter là.

Mardi soir, je n'ai pas réussi à m'endormir. La présence de l'assassin en face m'en empêchait. C'était étrange qu'il se soit installé sur le canapé du salon et non pas dans une chambre à l'étage alors que les trois lits étaient vides. Il s'était endormi rapidement. L'escalier débouchait derrière lui. Quelqu'un, la police, peut-être, aurait pu surgir et le surprendre. Mais il n'avait pas l'air soucieux d'assurer ses arrières.

Moi, quand je dois m'asseoir dans un lieu public, je choisis toujours la place face à la porte. Je repère les sorties et les issues de secours, au cas où. Dos au mur, à l'affût. Mais je n'aime pas les lieux publics. Je préfère ma chambre. La fenêtre. La maison d'en face. J'imagine. Je me projette. J'écris ce que j'imagine. Et, quand ça ne me plaît pas, je réécris. « Hors sujet » inscrit au feutre rouge dans la marge, je suis habituée. « Trop d'imagination », comme si c'était un crime de rêver ! Alors que c'est mon évasion. Mais il vaut mieux s'en tenir au plan classique pour les dissertations, recracher les cours appris par cœur pour décrocher une bonne note. En général, je me débrouille pour obtenir tout juste la moyenne : juste assez pour ne pas trop travailler et pour ne pas redoubler, qu'on me fiche la paix.

Mon portable, divisé en deux parties, gisait toujours à terre. Ma mère devait chercher à me joindre. J'ai hésité, mais je ne l'ai pas ramassé.

Vivre en face d'un assassin, ce n'est pas de tout repos. Ça empêche de dormir, de manger, de vaquer à ses occupations suicidaires. Je le guettais, avec sa casquette posée sur le rebord de la cheminée, je croyais entendre ses « scratch », « scratch » dans la terre et le paquet jeté comme une lourde pierre sur le sol. Il avait voulu se débarrasser d'un corps. Moi aussi, je me serais bien débarrassée du mien.

J'ai fini par m'assoupir. Mes paupières ont tressauté lorsque j'ai soudain repensé au cadavre d'enfant enterré près de la cheminée en briques. Pas très rassurée d'être seule dans l'appartement, j'ai allumé ma lampe de chevet puis je me suis approchée de la fenêtre. L'assassin était toujours allongé dans son duvet, un feu crépitait dans la cheminée. Il avait dû l'allumer pendant mon sommeil. J'ai vérifié l'heure sur mon réveil : trois heures quinze du matin. L'heure la plus inquiétante, le grand vide. Était-il insomniaque, lui aussi ? Il ne faisait rien. Enfin si : il semblait réfléchir. Très mauvais, ça, de cogiter au milieu de la nuit. C'est un coup à ne pas se rendormir avant l'aube.

Il a fouillé dans son sac et en a extrait un pull et une petite sacoche noire qu'il a ouverte. Elle contenait un caméscope. Il a effectué quelques réglages sur l'appareil, puis il s'est mis à filmer le feu pendant de longues minutes. Il a ensuite longé le mur jusqu'à la terrasse tout en continuant à filmer. Dehors, entre deux bambous, il a visé la cheminée en briques dans le jardin. Pensait-il à son crime ? Il n'avait pas l'air ému. Il tenait la caméra sans trembler. Son coude n'a pas faibli, visiblement habitué à rester en l'air, à angle droit. J'ai scruté la caméra et je l'ai suivie du regard tandis qu'elle s'est mise à évoluer lentement vers le ciel, avant de s'immobiliser à nouveau. Je me suis demandé pourquoi il filmait si longtemps les étoiles. Une chaleur a traversé mon corps lorsque j'ai réalisé que le caméscope était, en réalité, dirigé vers ma fenêtre. À force de fixer l'objectif, j'avais complètement oublié que je me trouvais dans le champ de vision. C'était moi que l'assassin capturait dans sa petite boîte noire ! Je me suis jetée au sol, décontenancée. J'aurais dû rester dans le noir pour ne pas me faire repérer. Quelle idiote !

J'ai rampé pour éteindre ma lampe de chevet. Alors que je me suis emmitouflée dans ma couette, les frissons ont recommencé. Toute ma peau semblait parcourue par des fourmis ennemies, mes pensées s'entrechoquaient. M'avait-il aperçue dimanche soir, alors qu'il enterrait le cadavre ? Allait-il me menacer ? Prise de panique, je me suis relevée pour bloquer la porte de ma chambre avec une chaise avant de longer le mur jusqu'à la fenêtre, puis de jeter en tremblant un œil en face en prenant soin, cette fois, de me cacher derrière le rideau.

L'assassin s'était recouché. Trop excitée et inquiète pour dormir, j'ai ouvert mon ordinateur et tapé tous les mots clés qui me passaient par la tête pour tenter de chasser mon angoisse. Le nom de l'actrice, Paris, Los Angeles, la date du jour… En cliquant sur les résultats, j'ai découvert de nouvelles vidéos de l'actrice qui venaient d'être postées sur les réseaux sociaux. Des fans l'avaient filmée à l'aéroport de Los Angeles. On l'apercevait saluer brièvement l'attroupement en descendant d'un 4x4 noir aux vitres fumées puis passer la douane pour prendre son vol de nuit vers Paris. J'allais bientôt savoir si elle séjournerait dans la maison voisine.

Tout se mélangeait dans ma tête : avant d'avoir pu passer à l'acte, je m'étais retrouvée témoin d'un crime. Qui était l'enfant enterré dans le jardin ? Comment devenait-on un assassin ?

2

LE MARGINAL

Je ne crois pas que c'était une bonne idée d'enterrer le gamin à cet endroit-là, une nuit d'orage. Il aurait peut-être mieux valu creuser un trou dans un lieu public, où j'aurais pu revenir en cas de besoin. Mais, si j'ai quelques affaires précieuses comme mon caméscope, je n'ai pas de jardin à moi. J'ai choisi ce coin, car l'actrice ne met jamais les pieds dehors et que la cheminée me rappelait les maisons de briques rouges du Nord, la région où je vivais quand j'étais petit. On cherche souvent à retourner là où on est né de façon détournée. Y enterrer le gamin, c'était ma manière de renouer avec mon enfance tout en tirant un trait sur le passé.

L'orage, c'était plus embêtant, finalement, que l'emplacement. La pluie, tombée toute la nuit, menaçait de transformer la terre en boue. J'ai eu peur de ne pas avoir creusé assez profond : un bout de drap risquait d'émerger. Il ne fallait pas qu'on le trouve. C'était mon secret. Mais il y a beaucoup de gens qui ne respectent pas les secrets et cherchent à s'immiscer là où ça ne les regarde pas. Alors il faut faire attention. Ne pas allumer les lumières et creuser profond. Sauf qu'avec ma jambe je me fatigue plus qu'avant, et je ne peux pas rester longtemps debout sans crampe.

J'ai dû faire vite.

C'est dommage d'avoir bâclé l'enterrement, mais, l'essentiel, c'était que le gamin soit enterré. L'actrice allait bientôt débarquer et j'espérais que ce n'était pas le genre à faire des histoires. Je ne me sentais pas trop d'humeur à supporter un caprice. De façon générale, je ne suis pas très doué pour parlementer, amadouer et faire comme si de rien n'était. Mon style, c'est bang ! Bang !

Et puis je m'en vais.

Dans cette propriété, j'imaginais y rester quelque temps, car c'est rare autant de végétation et de luminosité en ville, et moi j'aime le grand air. Du trottoir, personne ne pouvait savoir qu'un jardin sauvage et une ancienne imprimerie, avec des poutres métalliques comme dans les usines, s'y cachaient. Cet endroit secret et insolite, c'était parfait pour ce que j'avais à faire.

C'est surprenant que je sois là aujourd'hui, un dimanche. D'habitude, c'est le lundi que j'ai la poisse.

Je déteste le lundi. C'est un jour maudit. Il sonne comme un réveille-matin strident dans mes oreilles. J'ai toujours séché les cours, ce jour-là. À cause du lundi, je suis devenu un dissident scolaire. Je n'ai aucun diplôme. Une jambe qui boite. Et un petit boulot mal payé d'assistant de célébrité.

Je pourrais tuer quelqu'un un lundi, un gamin malpoli ou n'importe quel crétin qui me taperait sur les nerfs en se moquant, par exemple, de ma démarche de capitaine Crochet ou qui m'empêcherait de filmer quelque chose que j'aurais très envie d'encadrer dans mes pensées. Dès que je peux, je sors mon caméscope et j'appuie sur *play*. J'observe le monde comme on scrute la photo jaunie d'un aïeul sur la cheminée : pour mieux l'apprivoiser. On ne l'aime pas forcément, on cherche à comprendre son regard inquiétant, on le compare au sien, on se détourne, on y revient. Enfin c'est ce que je fais, en tout cas. J'essaie de mater la bête en moi qui hait le lundi et me tient à l'écart des heures de pointe.

La vie sauvage, ça va pour un temps.

Après, il y a un moment où on a faim, une faim de loup, et besoin que quelqu'un pose un regard sur nous. La main de ma mère qui caresse mes cheveux, quand j'y repense, ça me fait monter les larmes aux yeux. On était plusieurs à ressentir ça dans notre groupe clandestin, à Londres, puis dans la campagne anglaise. Mais je n'ai pas envie d'en parler. C'est du passé, même si ça s'est passé l'année dernière. Il faut bien avancer malgré une jambe en bois.

Je ne sais pas pourquoi cette fille s'est mise à m'observer comme ça. Elle épiait derrière sa fenêtre comme si personne ne pouvait la voir, alors qu'elle était comme le nez rouge au milieu de la façade de cet immeuble désert. Tout le monde avait foutu le camp à la plage. Il n'y avait qu'une seule lumière qui trouait la nuit, et c'était la sienne. Quand j'ai enterré le gamin, elle m'a vu. Tant pis pour elle. Elle n'avait qu'à pas regarder.

Ce qui est arrivé à ma jambe ? Tout le monde veut savoir… Quand on me serre la main, c'est elle qu'on regarde. Comme si j'étalais au grand jour un secret, mais sans donner les clés pour le déchiffrer. Je trouve cela malpoli de lorgner les cicatrices des gens en cherchant à deviner comment ça s'est produit. L'accident. La blessure. La plaie. C'est plus facile de se nourrir du drame des autres que de faire face à son propre désir.

J'ai toujours pensé que les rêves étaient comme un petit feu à l'intérieur de soi, il faut souffler sur les braises régulièrement pour qu'il ne s'éteigne pas. C'est ce que j'essaie de capter en filmant les battements d'ailes des insectes, les frémissements des feuilles, le voyage fébrile d'une fourmi dans une fissure. Ces choses-là nous fascinent quand on marche encore à quatre pattes mais, dès qu'on n'a plus de couches, on devient plutôt captivés par les écrans. Alors je les filme pour que les adultes les retrouvent sur leurs écrans et qu'ils n'oublient pas de souffler un peu sur leurs rêves.

Pour le reste, ça me regarde.

Bien sûr que j'ai les clés ! Je ne suis pas un squatteur ni un délinquant. Je suis même payé pour garder la maison. Même si je ne suis qu'un assistant, j'ai beaucoup de chance. Jamais je n'aurais pu me payer un logement aussi incroyable que cette ancienne imprimerie, pourtant j'y vis. C'est ce qui compte. Il y a des gens, leur spécialité, c'est de comptabiliser tout ce qu'ils possèdent virtuellement, mais, quand on les regarde intensément, ils ne sont pas réellement là. L'actrice est un peu comme ça, elle me met mal à l'aise. Elle ne s'était pas aperçue que les roses avaient éclos dans le jardin, il avait fallu que je les pointe du doigt puis que j'aille en cueillir une, car elle craignait de se piquer. C'est le genre de filles à ne vouloir que les pétales, et, comme son entourage les trie pour elle en les disposant dans une coupe en cristal, elle croit pouvoir échapper toute sa vie aux épines. C'est un truc à se prendre toutes les épines dans le pied d'un coup. Je préfère m'écorcher les doigts de temps en temps. Si on pouvait séparer les mauvaises choses des bonnes aussi facilement qu'on détache le gras d'une tranche de jambon, ça se saurait. Non, ce qui est compliqué, c'est que tout est emmêlé. Chaque situation a du bon et du moins bon, et ma philosophie de petit assistant insignifiant c'est de tirer le meilleur de mon bout de gras. Certaines personnes ne font rien de leurs millions, d'autres transforment en or leur croûton. La fille d'en face, celle qui épiait, j'étais sûr qu'elle devait avoir des histoires incroyables à raconter si elle observait comme ça la vie depuis qu'elle était née. C'est particulier, quelqu'un qui peut rester des heures assis sans parler. Il devait s'en produire, des feux d'artifice dans sa tête. Bon, il aurait fallu qu'elle se coiffe un peu et qu'elle jette la serpillère qui lui servait de pull-over. C'est quelque chose que je ne comprends pas chez les filles : soit elles se maquillent trop, comme l'actrice, en passant plus de temps devant leur reflet qu'à nous admirer (nous, les garçons), soit elles ont l'air d'avoir abandonné leur corps et d'attendre qu'il réapparaisse comme par magie. Enfin la règle, avec les filles, c'est surtout de ne pas faire trop le malin avec ce genre de choses.

Moi, je filme mes petites affaires et je ne me mêle pas des leurs. Si la voisine se goinfrait, c'était son problème. Ce n'était pas moi qui aurais mal au ventre et me lèverais toute la nuit pour aller aux toilettes.

Quoi, il y a un souci ? Vous me demandez de raconter, je raconte. Je ne connais pas de garçon blond avec une tache de naissance sur le front. Je ne suis pas un assassin. Votre collègue m'a déjà montré la photo et, franchement, j'ai eu la nausée. J'avais faim, maintenant c'est terminé. Non, je n'ai pas de petit frère. Je n'ai pas de cousin, de père, de mère, de grands-parents, d'oncles, de tantes, de... Je ne m'énerve pas, j'explique. Mon arbre généalogique, il a subi une tempête, il s'est écrêté. On a toujours des racines quelque part, mais des branches, ça dépend. Alors le petit frère, vous voyez, j'aurais peut-être bien aimé, mais ça sera pour un autre karma.

En même temps, mon arbuste, je l'aime bien. Je m'y accroche comme à un mât en bois : je préfère tanguer que d'être confiné dans un de ces paquebots de croisière où l'on se goinfre dans les salons. Au moins, moi, je vois l'horizon.

Mes parents ? Je ne leur en veux pas. Il y aurait de quoi, pourtant. Déjà, ils n'étaient pas vraiment amoureux quand ils m'ont conçu. Ensuite, ils se battaient tout le temps avec la vie comme si c'était une punition d'exister. Enfin, ils ne voulaient pas que je fasse de cinéma. Ma mère, elle exigeait toujours d'aller à droite, à gauche. C'était très précis : deuxième à gauche, puis à droite, tout droit, encore à gauche, troisième droite, stop ! Mon père se laissait trimbaler en lui concédant tout ce qu'elle voulait pour avoir la paix. Mais je crois qu'en réalité il n'avait aucune fichue idée de ce qu'il voulait. Quand ma mère a fini par passer l'arme à gauche, il s'est trouvé une nouvelle femme et elle l'a trimbalé exactement de la même façon. En tant qu'enfant, je n'avais pas trop mon mot à dire, ça ne m'a pas empêché de faire ma petite tambouille dans ma tête. C'est pour ça que je ne leur en veux pas et que je trouve un peu facile de tout mettre sur le dos des parents : même quand on est petit, on choisit. Pas tout, évidemment, mais un peu quand même. On se rebelle ou pas. Et puis il suffit d'apercevoir le ciel pour tenir bon. Mon évasion, je l'ai programmée pendant des lustres avant de pouvoir prendre la poudre d'escampette et je ne la regrette pour rien au monde.

Je ne cherche pas à revenir sur mes pas, à revivre les premières joies, tout ça. Ce qui m'intéresse : découvrir un détail tarabiscoté et le filmer. Voilà, j'aime bien ce qui dépasse du cadre, qui ne tient pas droit, je récupère l'anomalie et je finis toujours par trouver quoi en faire. C'est comme un jeu qui rend la vie plus intéressante. Je ne m'ennuie jamais.

La voisine, j'ai d'abord pensé qu'elle avait du mal à s'occuper. Je la jugeais à ce que je voyais. Et, comme je ne l'apercevais qu'à travers sa fenêtre, je la voyais surtout manger et épier. Je ne pouvais pas deviner qu'elle passait des heures dans son lit à écrire. C'est elle qui me l'a dit, ensuite, quand on s'est vraiment rencontrés, et ça m'a complètement bluffé : sous son matelas, elle cache des dizaines de carnets remplis d'histoires déjantées. Je payerais cher pour les lire ! Mais elle vous a peut-être déjà raconté ? Je sais, je sais, il peut y avoir plusieurs versions d'un même événement. Là, c'est la mienne que vous voulez. Mais je n'évoquais pas un fait, je parlais juste de sa passion. C'est une grande chance d'avoir une passion, non ? Vous me pressez de tout expliquer, et je n'aime pas ça. J'ai du mal à me plier aux horaires, aux règles, les devoirs je les fais si j'ai envie et puis c'est tout. Donc, moi, j'ai d'abord besoin de vous parler de la voisine. Et, si vous voulez connaître la fin, il va falloir m'écouter.

Quand je me suis réveillé, mercredi matin, la voisine était accoudée à sa fenêtre. Elle grignotait des chips l'air préoccupé. D'habitude, ce n'est pas du tout mon genre d'espionner les gens comme ça. Mais puisqu'elle l'avait fait avec moi, je me suis dit que ce n'était que justice.

Un rayon de soleil a pointé le bout de son nez. Il faisait un sale temps depuis plusieurs jours alors je suis sorti dans le jardin pour m'étirer et profiter de l'éclaircie. Je suis resté derrière la cheminée en briques pour que la voisine ne me voie pas. Lorsqu'elle a eu fini le paquet de chips, elle a allumé la radio et des sonorités rock me sont parvenues aux oreilles. Peu à peu, son visage s'est animé, elle a commencé à balancer sa tête au rythme de la musique puis elle s'est carrément levée pour se trémousser, en tenant un stylo en guise de micro.

On aurait dit qu'elle se prenait pour une star en plein concert ! J'ai vu alors qu'elle ne portait qu'une culotte sous son tee-shirt. Je ne voulais pas la regarder en petite culotte, d'ailleurs j'ai essayé de ne pas le faire, mais elle se démenait tellement que je ne pouvais pas regarder ailleurs. Lorsque la chanson a été terminée, elle a soudain ouvert les yeux, prenant conscience de son délire. Elle a jeté des coups d'œil aux alentours pour s'assurer que personne ne l'avait aperçue danser. Une voix grave est sortie de la radio sans que j'entende précisément ce qu'elle disait. Le visage de la voisine s'est assombri, elle a éteint brusquement le poste. Intrigué, je suis rentré au salon et j'ai allumé moi aussi la radio. Je ne pouvais pas savoir quelle fréquence elle écoutait, mais, sur la plupart des stations, c'était la même chose : les informations de dix heures. Chômage en hausse, grève. Et la disparition d'un petit garçon en région parisienne. Après deux jours de recherches, les enquêteurs n'avaient toujours aucune piste. Sur le moment, je n'ai pas compris. Je me suis dit que j'avais raté la nouvelle qui avait eu l'air de l'angoisser.

Toute la journée, la voisine a épié la maison. Elle jetait des coups d'œil chaque fois qu'elle passait devant sa fenêtre, comme si de rien n'était, mais je voyais bien que c'était moi qu'elle surveillait. Au bout d'un moment, elle a dû en avoir marre de faire les cent pas car elle est allée chercher une chaise et s'est carrément assise devant la fenêtre. N'avait-elle rien de mieux à faire ? On aurait dit un naufragé sur son radeau qui guettait désespérément les secours. Moi, je ne pourrais pas tenir en place aussi longtemps comme si j'étais une statue. Il faut toujours que je m'agite. En classe, j'en ai eu des punitions à cause de ma bougeotte !

Finalement, vers dix-sept heures, ils sont arrivés. J'étais dans le salon à visionner des séquences sur mon caméscope, je l'ai vite rangé avant qu'ils montent l'escalier. Ils avaient du retard, ils auraient dû être là après le déjeuner, alors j'ai cru qu'ils ne viendraient plus et je me suis fait tout un film en imaginant que je pourrais vivre dans cette maison tout seul pendant longtemps.

Ils étaient quatre : l'homme à lunettes avec une grosse bedaine je le connaissais déjà, c'est lui qui m'avait embauché. J'avais aussi rencontré les deux assistantes la veille. Mais la femme plus âgée, maigre, aux cheveux blonds décolorés et à la robe échancrée, je ne savais pas encore qui c'était à ce moment-là. Ils m'ont à peine serré la main puis ont parcouru les lieux au pas de course. La femme n'arrêtait pas d'émettre des commentaires désagréables. Les deux filles se lançaient des regards pleins de détresse et d'exaspération, mais elles prenaient note.

Lorsque tous les étages ont été inspectés, le groupe a pris possession du salon. L'homme s'est affalé dans le canapé, occupant la moitié de la banquette. Les deux assistantes ont été obligées de se presser l'une contre l'autre dans la moitié restante. La femme blonde trônait comme une reine dans le fauteuil rembourré à motifs fleuris. Son regard lorgnait sans cesse le miroir en pied posé en face d'elle. Ses doigts peignaient son brushing et j'ai trouvé ça idiot, car il était déjà impeccable, comme si elle sortait de chez le coiffeur. Je n'avais plus de place pour m'asseoir, alors je suis resté debout.

La voisine avait ouvert sa fenêtre et se penchait pour essayer de mieux voir. J'ai réalisé que quelque chose devait se passer à l'entrée de la maison pour attiser ainsi sa curiosité. J'ai tout de suite pensé à l'actrice. Effectivement, quelques secondes plus tard, un bruit de talons a résonné et on s'est tous figés, parce qu'on savait que c'était elle qui arrivait. On aurait entendu trois coups comme au spectacle, pour annoncer l'entrée de l'artiste, que ça ne m'aurait pas surpris. Sa frêle silhouette a monté l'escalier et les autres se sont précipités à sa rencontre. Son visage était dissimulé sous un chapeau à larges bords. Arrivée au salon, elle s'en est débarrassé en le jetant sur le fauteuil, avant de se laisser elle-même tomber théâtralement sur le canapé, comme si elle venait de courir un marathon et que sa vie était vraiment trop compliquée. C'était bien la fille que j'avais vue sur les photos et dans plusieurs films : des cheveux longs et blonds, lisses, fins, des lèvres framboise superbement dessinées, un petit nez parfait, une peau laiteuse, des yeux bleus électriques. Même de loin, ils semblaient irradier comme un néon. Elle a étendu ses jambes sur le canapé. Une assistante lui a massé les pieds tandis que l'autre malaxait ses épaules. Je me sentais un peu gêné. L'homme a porté les bagages dans une des chambres du deuxième étage. D'une voix trop aiguë et agaçante, la femme plus âgée a alors passé un savon à la comédienne : comme quoi elle avait toujours du retard, qu'on ne pouvait pas compter sur elle et qu'elle leur avait fait perdre beaucoup d'argent avec ses bêtises. Ça m'a rassuré, je me suis dit qu'il n'y avait pas que moi qui en faisais. La voisine s'agitait derrière sa fenêtre. Cela a fini par attirer l'attention de l'homme à la bedaine, de retour dans la pièce.

Méfiant, il a appuyé sur un interrupteur : un store rayé jaune et blanc a peu à peu recouvert la terrasse, protégeant le salon des regards indiscrets. Non seulement il lui manquait le son, mais la voisine n'avait désormais plus de vue.

Cela m'a semblé irréel, de contempler cette actrice pour de vrai. En chair et en os, avec son petit gabarit, alors que d'habitude on la voit sur un écran panoramique. C'était étrange. Je m'étais attendu à quelque chose de plus sensationnel, l'apparition dans le monde réel d'une star planétaire. Comme je me sentais de trop, je suis sorti sur la terrasse pour jardiner. C'était dans mon contrat, donc il fallait le faire de toute façon. Une pluie fine s'est mise à tomber, mais j'étais protégé par le store. À travers la véranda, j'ai remarqué que l'actrice s'était assoupie dans le canapé. Je l'observais du coin de l'œil tout en arrosant les bambous. Frustrée, la voisine se contentait d'avaler des bonbons à la chaîne devant sa fenêtre avec vue plongeante sur le store.

Une heure plus tard, l'actrice était toujours assoupie, les deux assistantes avaient filé, tout comme l'homme à la bedaine. Au deuxième étage, la femme blonde avait investi la chambre de droite. Elle remplissait la penderie et disposait des photos encadrées sur la commode, en ayant l'air de se sentir déjà chez elle. J'ai essayé de faire le moins de bruit possible en passant dans le couloir, mais, quand elle m'a vu, elle m'a claqué la porte au nez.

Quand on ne porte pas de costard ou d'habits chics, qu'on n'a pas de chauffeur, de cuisinier, de femme de ménage ni de grosse montre à son poignet, les gens ont tendance à nous snober. Ils font comme s'ils ne nous voyaient pas ou ils nous tendent leur assiette pour qu'on les serve. Je suis assistant, moi, pas esclave.

Alors je suis resté dans ma chambre.

J'avais une bonne vue, moi aussi, de ma fenêtre. L'immeuble d'en face n'avait pas été ravalé depuis longtemps, des traînées grises lézardaient la façade. Quelques volets étaient fermés, mais la plupart des fenêtres étaient juste masquées par un rideau transparent. Je n'ai vu personne dans les appartements. À part, bien sûr, la voisine, toujours fidèle au poste. Un pot marron était posé sur le rebord de sa fenêtre, une plante rabougrie tentait vainement de survivre – ou de pourrir. Comme sa chambre se situait au troisième étage et la mienne seulement au deuxième, je ne voyais que son buste et son visage, le reste de la chambre m'apparaissait très sombre. Il aurait fallu qu'elle laisse la lumière allumée quand la nuit tombait pour me permettre de mieux voir mais, depuis que je l'avais surprise en train de m'espionner, elle faisait bien attention à rester dans le noir. Il aurait surtout fallu qu'elle se lave, qu'elle s'habille, qu'elle sorte prendre l'air. Je la trouvais pâle et triste. Se lever, se coiffer, répondre au téléphone, manger équilibré : tout semblait lui demander un effort surhumain.

En début de soirée, tandis que l'actrice somnolait encore, un rayon de soleil couchant a tracé une auréole lumineuse sur la cheminée en briques. C'était vraiment joli, comme de la poudre d'or, et j'ai pensé que c'était une bonne chose pour le gamin. L'endroit où on vit, ça joue beaucoup sur le moral, alors l'endroit où on est enterré aussi. Des oiseaux, je crois que c'était des hirondelles, se sont mis à tournoyer autour de la cheminée. J'ai pensé que c'était sûrement ce qui manquait à la voisine : des ailes. Elle ressemblait à un oiseau blessé avec une ficelle à la patte. J'en ai connu, des copains qui pouvaient rester enfermés, comme elle, dans leur chambre à tchatter, skyper, tweeter avec le monde entier sans sortir à l'air libre. Les autres, ils préféraient leur parler à travers un écran. Ils évitaient leur sueur, leurs mauvaises odeurs et ils pouvaient cliquer pour se déconnecter à tout moment. Rêver, c'est parfois le seul espace de liberté.

L'actrice s'est réveillée. Je suis descendu en entendant sa voix bien connue des cinéphiles, à la fois juvénile et légèrement éraillée. J'avais cru qu'elle m'appelait, en fait elle téléphonait, alors je suis allé sur la terrasse pour ne pas perdre la face. Elle a arpenté le salon, son portable collé à son oreille, tout en se recoiffant lorsqu'elle s'approchait du miroir. De temps à autre, elle se tournait pour examiner ses fesses, alors qu'il n'y avait pas un gramme de graisse sur sa silhouette de mannequin. Pas comme la voisine. Même sous un pull sans forme on pouvait deviner son ventre rebondi qui n'avait pas vraiment l'apparence de plaquettes de chocolat. Tant mieux. Un corps tout plat, c'est ennuyeux.

L'actrice a ensuite pianoté nerveusement sur son téléphone pendant une éternité. Si je continuais à arroser les bambous, l'eau allait déborder des soucoupes. En plus, une fraîcheur de fin de journée m'a fait frissonner, alors je suis remonté. La porte s'était entrouverte dans la chambre de droite, j'ai aperçu la femme blonde assoupie sur son lit. Malgré sa maigreur de gamine, l'absence artificielle de rides sur son visage trahissait son âge. Franchement, le Botox, les femmes devraient oublier. Au lieu de les rajeunir, les injections chimiques les figent comme des momies. Ça m'a fichu la trouille.

En début de soirée, l'homme à la bedaine a refait son apparition. Il m'a appelé pour l'aider à transporter des cartons. Cela m'a agacé d'être tout le temps dérangé, mais c'était mon travail, quand même, alors j'y suis allé. Au moment où j'ai déposé les cartons dans un coin du salon, l'actrice est sortie de la salle de bains en tenue de soirée, drapée dans une robe noire moulante, très sexy. La femme s'était réveillée, elle aussi. Elle est descendue enrobée dans un manteau de fourrure. Elle lui a pris le bras et ils ont quitté tous les trois les lieux.

Enfin seul, j'ai savouré le silence. J'ai remis quelques bûches dans la cheminée et l'odeur du bois m'a rappelé les nuits à la belle étoile, en forêt, avec les copains. Je me suis senti soudain très seul. J'ai pensé à la voisine : était-elle encore à la fenêtre ? J'ai éteint les lumières et je me suis faufilé sur la terrasse pour le savoir. Le store était toujours baissé, je pouvais l'observer sans être vu. Tout l'immeuble était vide, il n'y avait que sa fenêtre d'éclairée. Pour une fois, elle avait laissé allumé. J'ai alors compris pourquoi sa chambre m'avait paru si sombre : tous les murs étaient peints en noir. Du plafond pendait une corde et, au bout d'un fil électrique, une ampoule jaune. Elle s'éteignait de temps en temps puis se rallumait, comme si elle était à bout de souffle ou défectueuse. À quoi pouvait bien servir la corde ? Était-ce une balançoire ? Cela m'a intrigué.

Devant sa fenêtre, la voisine s'énervait en cherchant à remettre en place la batterie de son portable. Quand elle y est enfin parvenue, elle a écouté des messages en faisant une grimace avant d'engloutir une plaquette de chocolat si vite que je me suis demandé si elle l'avait même mangée. Puis elle a enfoui sa tête entre ses mains pour pleurer. Son corps était secoué de tremblements. Son téléphone a dû vibrer, car elle a regardé l'écran pour voir le numéro puis l'a jeté à l'autre bout de la chambre. Pas très malin, vu qu'elle venait tout juste de le réparer… Elle a disparu quelques instants, comme si elle avait quitté la chambre. Les autres pièces n'étaient pas allumées alors je ne savais pas où elle était. Finalement, elle est revenue avec un tabouret qu'elle a posé au milieu de sa chambre, pile dans l'axe de la fenêtre. Le visage rougi par les pleurs, elle est montée sur le tabouret.

C'est là que j'ai compris avec effroi ce qu'elle projetait de faire : elle a passé son cou dans un nœud coulant au bout de la corde. Il fallait que je trouve vite une idée pour la sauver ! Je me suis alors précipité dans le salon pour allumer tous les interrupteurs. Surprise par ces jets de lumière soudains, la voisine a manqué de tomber à la renverse et a retrouvé de justesse l'équilibre en s'agrippant à la corde. Rassuré, j'ai éteint les lumières et je suis retourné à mon poste d'observation. La voisine a retiré la corde de son cou puis est descendue du tabouret.

Après avoir tourné en rond quelque temps dans sa chambre, elle a fini par s'asseoir, un bol de pop-corn sur les genoux, près de la fenêtre. Elle a alors semblé se souvenir qu'elle n'était pas seule sur Terre et qu'un voisin (moi, en l'occurrence) pourrait éventuellement l'observer. Elle a éteint la lumière. Dans la pénombre de sa chambre, elle m'a épié toute la soirée et j'ai fait celui qui ne voyait rien. Je pouvais pourtant deviner à la forme légèrement gondolée du rideau (enfin, une sorte de tissu hippie effiloché) qu'un corps se cachait derrière.

Allongé sur le canapé du salon, j'ai repris le tri des séquences dans mon caméscope, puis j'ai voulu filmer la Lune. Blanche et brillante, elle était presque pleine. J'ai relevé le store pour pouvoir la filmer de la terrasse. En m'agenouillant pour intégrer des feuilles de bambou dans le cadre, j'ai failli tomber. Parfois, j'ai l'impression de vivre en pleine mer : ma jambe droite, plus raide que l'autre, me fait pencher et trébucher comme un matelot tanguant sur le pont d'un chalutier. La voisine a brièvement allumé sa lampe de chevet pour sortir un sachet de bonbons d'un tiroir, puis a retrouvé sa cachette dans le noir. Le temps a paru suspendu. J'ai continué de filmer toutes sortes de choses tout en me sachant secrètement observé. C'était une sensation plutôt agréable. Nous semblions reliés par un pacte secret, tous les deux, chacun feignant de ne pas savoir que l'autre l'épiait.

Le retour de l'actrice a mis fin à ce moment particulier. Je l'avais presque oubliée. J'ai rangé en quatrième vitesse mon caméscope et mon paquet de cigarettes. Après m'être assuré qu'elle n'avait besoin de rien, je suis monté me coucher.

Si je sais nager ? Et comment ! J'étais champion quand j'étais petit. On faisait les fous dans l'eau avec les copains dans la mer du Nord. Les cours de natation avec l'école, j'aimais moins. Il fallait plonger quand on entendait le sifflet, ça me stressait.

Je ne savais pas qu'il y avait un étang dans cette forêt. Mais ça fait loin, non ? Je ne me déplace qu'à pied. J'étouffe dans les transports en commun et les embouteillages. Alors cette forêt, même si c'est la plus proche de Paris, je n'y suis jamais allé. Cette semaine, j'avais du travail, en plus.

Jeudi matin, j'ai été réveillé par des éclats de voix. Je peste quand on me tire brusquement de mes rêves, encore pire si c'est des cauchemars. Mais là, pas question de me faire remarquer, je devais ravaler ma mauvaise humeur. La maison grouillait de monde. Des portants avaient été installés sous la verrière et des filles y accrochaient des tenues de grands couturiers. Je ne savais jamais ce qui allait se passer car on ne me donnait pas de programme, comme si je n'étais bon qu'à suivre la cadence. L'actrice se faisait coiffer dans le salon pendant qu'une maquilleuse et une manucure la dorlotaient. Elle a passé l'heure suivante à essayer des dizaines de robes et à en mettre certaines de côté, sous les yeux émerveillés de l'assistance. On aurait dit qu'ils jouaient tous à la poupée.

L'agitation ambiante me donnant mal à la tête, j'ai préféré aller fumer sur la terrasse. La voisine était là. Avait-elle dormi le nez écrasé contre la vitre ou s'était-elle tout de même couchée ? En tout cas, elle était déjà au spectacle mais sans grand enthousiasme : elle suivait les essayages de l'actrice l'œil éteint, comme si elle n'avait simplement rien d'autre à faire. J'ai alors eu envie de m'amuser un peu. Ma cigarette grillée, j'ai écrasé le filtre dans un cendrier coincé entre deux bacs de bambous et je suis monté dans ma chambre. J'ai inscrit quelque chose sur une grande feuille en papier puis je suis retourné sur la terrasse. Les bambous ployaient légèrement sous le vent. J'ai tendu la feuille bien droit vers la fenêtre de la voisine. Surprise, elle s'est levée d'un bond. J'ai bien cru qu'elle allait s'enfuir, mais finalement la curiosité a dû l'emporter car elle est restée. Elle a mis un certain temps à déchiffrer ce qui était écrit.

ALORS, ON MATE ?

Après avoir lu mon message, elle s'est écartée brusquement de la fenêtre et a disparu de mon champ de vision pendant plusieurs minutes. J'ai eu peur de l'avoir vexée et qu'elle ne revienne jamais. Heureusement, elle a réapparu et a tendu un bout de drap sur toute la largeur de la fenêtre. L'homme à la bedaine n'était plus là, les autres étaient tous descendus au rez-de-chaussée pour une séance photo. Personne ne pouvait voir notre manège. J'ai plissé les yeux pour déchiffrer ce que la voisine avait écrit avec un gros feutre noir sur le drap.

NON, ON MEURT

Mes sourcils se sont froncés. J'ai tapoté ma tempe avec mon index, toc, toc, pour lui signifier qu'elle était folle. Cela a dû l'énerver, car elle a enfilé sa pelure et a encore disparu. J'ai attendu une demi-heure, elle n'est pas revenue. J'ai alors commencé à m'inquiéter.

Comme l'actrice posait encore, j'ai décidé de faire un tour dans le quartier, au cas où la voisine serait sortie se promener. Le soleil s'était enfin décidé à réchauffer Paris. Quand je vivais en Angleterre, les nuages noirs, j'étais habitué. Et puis il y avait tous les copains alors c'était quand même plus joyeux, malgré la brume, et plus bruyant aussi. En août, Paris se met en sourdine. Sans fond sonore. Le bourdonnement habituel des voitures, l'écho des voix, les klaxons : je ne les entendais plus. Ça m'a fait un drôle d'effet. Même les enfants avaient déserté les squares. Coup de chance, il ne m'a pas fallu longtemps pour la retrouver : la voisine était assise sur un banc, dans le jardin public, à l'ombre d'un grand chêne. Elle semblait réfléchir très sérieusement. Je ne sais pas si c'est très malin de passer son temps à tout analyser. Les philosophes, par exemple, ils arborent toujours une grise mine alors j'en déduis que ça doit être déprimant de se poser des questions en permanence. Surtout des questions insolubles sur l'existence. Pourquoi est-on sur Terre ? Pour quoi faire ? Tout ça. C'est plus rassurant de s'exercer aux jeux vidéo que de réfléchir à la vie et à la mort. Un *game* n'est jamais vraiment *over*. Chaque joueur connaît son classement, ses erreurs, sa marge de progression pour rejouer une partie. Dans le monde réel, comment mesurer son score, s'assurer qu'on progresse dans la bonne direction ? Il n'y a pas de bruitage sonore à chaque point perdu ni de bonus qui surgit de l'écran en clignotant.

Enfin, moi, je n'aime pas trop les jeux vidéo. Je préfère la vie aux pixels, et ne pas connaître la fin à l'avance.

Ce n'est pas vraiment mon fort de raconter. Je ne sais jamais quels détails doivent être précisés, ni dans quel ordre. Alors je vais tout vous dire d'un coup et puis vous trierez.

Je ne suis pas entré dans le square pour rejoindre la voisine sur son banc. Sans rien à grignoter, elle avait l'air de trépigner et marmonnait entre ses dents. Les épaules rentrées, le regard dur, on n'avait vraiment pas envie d'aller lui parler. Je suis resté sous un abribus. Peu de véhicules circulaient, à part un camion poubelle et un couple de touristes sur des vélos.

J'ai repensé à sa pancarte. « Non, on meurt. » C'était radical, quand même. J'étais sûr qu'elle devait faire fuir les élèves qui s'asseyaient près d'elle en classe. C'était le genre de fille à dessiner des têtes de mort sur son cahier. Une fille morbide.

Même pas gothique, sinon elle se serait déplacée en bande.

Une grand-mère lançait des mies de pain aux pigeons, la voisine leur a balancé des petits cailloux. La grand-mère a déguerpi. Ça m'a fait rire. Soudain, elle a fouillé partout dans ses poches, elle devait chercher son portable. Comme elle ne l'a pas trouvé, elle s'est levée d'un bond. Pour ne pas me faire repérer, j'ai filé au kiosque juste à côté en faisant semblant de regarder les journaux. En passant devant moi, sans me voir, elle a repéré un magazine avec la tête de l'actrice en couverture. Elle a pilé. « Sa vie sans Gary », c'est ce qui était écrit. Le teint blême, les cheveux aussi secs que de la paille, l'actrice semblait sortir d'une cure de désintoxication. La voisine a saisi un exemplaire, en approchant la couverture tout près de ses yeux.

Je n'ai pas pu m'empêcher de lui chuchoter à l'oreille :

– Alors, on mate ?

Ma question l'a fait sursauter, elle a laissé tomber le magazine sur le trottoir. Je lui ai fait un clin d'œil avant d'acheter un paquet de chewing-gums. Rouge comme une tomate, elle a continué à feuilleter à toute vitesse plusieurs revues pour faire comme si de rien n'était, mais on voyait bien qu'elle était décontenancée. Je suis parti le premier, elle m'a suivi de loin. Arrivé devant le portail, au lieu d'entrer dans la maison, je me suis plié en quatre en faisant mon cinéma. Elle a ralenti et s'est cachée derrière une camionnette garée pour m'observer. Elle devait se demander pourquoi je n'entrais pas dans la propriété de l'actrice. Je me suis tenu courbé les mains sur les cuisses en haletant comme une femme sur le point d'accoucher. Doucement, elle s'est approchée. J'ai pointé la fenêtre de ma chambre du doigt en essayant de dire quelque chose, mais aucun son n'était audible. Elle a observé la fenêtre, puis mon visage bleu. La respiration saccadée, j'ai ouvert la bouche et j'ai fait semblant de pulvériser quelque chose à l'intérieur. De l'asthme ! Enfin, elle a compris. Elle a hésité, jusqu'à ce qu'elle réagisse et bondisse pour aller chercher mon inhalateur. Alors qu'elle franchissait en courant la grille de l'ancienne imprimerie, un rire s'est fracassé dans son dos. Elle s'est retournée : j'étais hilare.

– Ha, ha ! Tu gobes n'importe quoi, toi.

J'ai continué à me bidonner tandis qu'elle est revenue lentement sur ses pas, furieuse et essoufflée. Elle s'est plantée en face de moi et m'a balancé :

– Tu te crois malin, le larbin ?

Je me suis arrêté de rire. On s'est fusillés du regard. J'ai essayé de tenir bon mais l'intensité de ses yeux, d'un vert si profond, m'a déstabilisé. J'ai cligné plusieurs fois des paupières. Elle m'a foudroyé une dernière fois puis elle s'est remise en marche victorieusement.

– Hé, attends ! C'était juste une blague.

J'ai parlé en levant mon bras pour la retenir, mais j'ai refréné mon geste juste avant de la toucher, car j'ai senti que son corps s'était raidi. Elle s'est retournée vers moi, son visage à quelques centimètres du mien, nos regards à nouveau plongés l'un dans l'autre. Une vibration a électrisé ma peau. On se comprenait. Je ne peux rien dire d'autre que ça : à ce moment-là, pour la première fois de ma vie, ce que j'ai perçu dans les yeux de cette fille m'est apparu à la fois totalement mystérieux et complètement familier. Nous étions de la même trempe. Fabriqués dans le même bois, un bois sauvage qui avait pris l'humidité, qui se craquelait, qui refusait d'être précipité dans le feu. Nos corps comme deux bûches fendues. Un baiser pouvait les fissurer.

– Lâche-moi, le boiteux.

Si j'avais espéré que des bulles d'amour sortent de sa bouche, c'était raté. C'était toute la frustration de sa misérable existence qui avait semblé lui échapper. J'étais tellement en colère que je n'ai rien pu dire. On est repartis tous les deux dans un silence de mort.

Comme j'étais déjà devant le portail, je suis arrivé plus vite dans ma chambre et je l'ai vue arriver dans la sienne, groggy. Un poids semblait l'avoir assommée, alors que c'était quand même elle qui m'avait humilié.

Je me suis demandé si elle n'était pas complètement cinglée. Franchement, on n'aurait pas dû se parler. On se serait fait coucou de la fenêtre, cela aurait été ridicule, mais pas autant que cette scène qu'elle m'avait faite en pleine rue. « Le boiteux », voilà comment elle m'avait appelé. Ça serait drôle, si la barre de fer dans ma hanche ne me transperçait pas comme une flèche dès que j'arrête mes cachets. Et comme je ne les prends plus depuis trois mois, je vis une attaque de diligence par heure.

Elle ne pouvait pas savoir. Mais elle aurait dû, quand même. Poser un peu plus de questions aux autres au lieu de se torturer le cerveau comme elle avait l'air de le faire.

Elle n'a pas arrêté de pleurer, ensuite, en passant devant la fenêtre pour que je la voie. Comme si j'étais coupable de son malheur ! Les petits assistants, on aime bien leur faire porter les dossiers non classés. J'ai fait semblant de l'ignorer et j'ai continué de filmer tout ce que je pouvais pendant que la séance photo se terminait. Une assistante est venue me dire que l'actrice et sa mère partiraient bientôt pour un tournage de nuit sur les Champs-Élysées. Car la femme blonde était sa mère. C'était l'homme à la bedaine qui me l'avait expliqué pendant qu'on transportait les cartons. Dès le moment où elle était apparue, avec ses cheveux décolorés et son air autoritaire, je n'avais pas pu l'encadrer, cette mère-là. Encore une qui avait trop abusé du bistouri.

– Une ride, mon p'tit gars, c'est une richesse. Un vestige de nos vies passées.

C'est Pépite qui disait ça, un vieux clochard avec une dent en or que j'ai côtoyé un temps, dans le groupe clandestin. Il me manque, parfois. Son haleine puait le bouc, mais il avait toujours des phrases incroyables pour mettre le monde en boîte. C'est peut-être lui qui m'a donné envie de filmer. En tout cas, ce ne sont pas les caméras de surveillance de la téléréalité qui m'ont inspiré, ça, c'est sûr. Et ce n'est pas mon pote Christopher qui dirait le contraire. C'est un ancien candidat d'un jeu télévisé, et c'est pour le sortir de ce traquenard qu'on avait créé le groupe secret, avec Matt567 et les autres. Il a raconté son aventure dans un livre[1], mais moi je préfère les images. Je n'aime

1 *La pyramide des besoins humains*, du même auteur, école des Loisirs.

pas quand on essaie de me tirer les vers du nez ou quand je dois rester assis devant une feuille de papier à mettre des mots sur toutes mes pensées. Il y en a tellement, c'est trop difficile. Je préfère me parler à moi-même, je me raconte des trucs et puis c'est tout, ça suffit, pas besoin de les imprimer et tout le tintamarre à la télé.

J'avais préparé une clé USB avec une sélection de mes vidéos pour la donner à quelqu'un de la production, mais je n'ai pas osé la confier à la mère. C'est elle qui gère la carrière de sa fille, elle l'accompagne partout, tout le temps, moi ça me rendrait fou. Elle gère aussi son argent, ses contrats et choisit ses films. La clé USB, j'ai eu l'intuition que ça ne servirait à rien de lui donner. Et, s'il y a bien une chose que j'ai apprise en clandestinité, c'est de suivre son instinct.

Ma mère, à moi, elle est morte. Un lundi.

J'avais six ans et c'est un peu jeune, je trouve.

Il y a quelque chose en moi qui n'était pas encore construit et qui s'est déconstruit quand même. C'est bizarre, je suis d'accord, mais c'est ce que j'ai ressenti. Depuis, je ne sais pas quoi faire de mon corps : je le traîne, ma jambe n'arrive plus à fonctionner normalement. C'est un bout de moi qui a voulu faire le malin après l'enterrement, en traversant la voie ferrée au moment où le train s'approchait, mais j'ai mal calculé. Ce n'est pas mon fort, les maths. Et j'ai été renversé, propulsé sur le terre-plein.

Mes vidéos, je ne crois pas que la mère les aurait regardées.

La forêt ? Quelle forêt ? Ah, celle-là ! Mais je vous l'ai dit, je n'y ai jamais mis les pieds. Celle dont je vous parle, avec les copains, Pépite, les sacs de couchage au coin du feu, c'était en Angleterre. Vous ne voulez pas me croire, c'est votre problème. À force de tourner en rond dans la pièce, vous me donnez le tournis. Je vois bien que vous êtes pressés. Mais avant de vous parler du gamin, je vais continuer avec la voisine. C'est ça ou rien.

Vendredi, je me suis demandé comment elle s'appelait. C'est important, les noms. Le mien, par exemple, il ne laisse personne indifférent. J'ai hésité à écrire mon prénom sur une pancarte pour lui montrer. Après tout, je n'avais pas grand-chose à perdre.

On ne peut pas se faire voler son prénom, même si l'autre ne l'aime pas. Et puis j'avais vraiment envie de connaître le sien.

Alors je me suis lancé.

TRISTAN

J'ai bien vu qu'elle lorgnait la pancarte derrière son rideau. Elle était vraiment drôle. On aurait dit une souris qui sortait son museau pour s'assurer que la voie était libre avant de pouvoir se précipiter sur un bout de gruyère. Son visage, il me plaisait. Ses lèvres ressemblaient à des pétales de rose et ses yeux verts, dans la rue, ils pétillaient tellement qu'on aurait cru du soda à la menthe poivrée. Ça n'existe pas, ce goût-là, et c'est ce qui m'a troublé chez elle. Je ne connais pas beaucoup de filles qui s'habillent comme un sac-poubelle alors qu'elles sont si jolies. Elle noie le poisson, sûrement, pour qu'on ne puisse pas la pêcher. Je comprends. Je préfère qu'on me fiche la paix, moi aussi. Quitte à paraître autre chose que ce que je suis.

« Le boiteux », elle m'a appelé. J'ai une cicatrice sur le sourcil droit et une raideur dans le bas du corps mais je ne suis pas qu'une jambe en bois.

Elle ne se décidait pas, pour la pancarte. Ce n'était pas grave, j'avais tout mon temps. L'actrice était en tournage et ne rentrerait pas avant samedi, dimanche ou…

Moi, le lundi, je ne travaille pas.

Je m'absente.

Je disparais.

Quand on m'oblige à faire des choses un lundi, je deviens tout rouge, je perds mes moyens et mes coups de sang créent des drames. Mais n'allez pas imaginer que… Ce n'est pas ce que j'ai voulu dire.

Bon, je continue. La météo s'était adoucie. Il y avait même un grand soleil, ses rayons réchauffaient la cheminée en briques. J'ai regardé la terre, celle que j'avais creusée pour mettre le gamin dans le trou, puis que j'avais tassée. On aurait dit une parcelle comme une autre. Personne ne savait. Mes tremblements, quand ils surgissent, j'ai l'impression qu'un train va m'écraser.

J'aurais dû planter un rosier pour le gamin. C'est ce qu'on nous conseillait de faire dans le groupe clandestin. Pour le retrouver, au cas où. J'allais descendre dans le jardin quand la voisine s'est enfin décidée à préparer sa pancarte. Elle l'a plaquée à l'envers contre la vitre, avant de s'en apercevoir et de la remettre à l'endroit.

CHEYENNE

Une petite guerrière. J'ai pensé qu'il ne lui manquait qu'un arc et des flèches, la colère elle l'avait déjà. Pour me parler comme elle l'avait fait, d'aussi mauvaise humeur et sur la défensive, elle avait dû se mettre dans la tête que j'étais l'ennemi. Le méchant cow-boy qui venait envahir ses terres, ou quelque chose dans le genre. Allez savoir ce que les filles se racontent dans leur lit ! Surtout celles qui sont en proie à l'insomnie. J'avais bien un revolver, caché sous mon matelas. Mais la dernière cartouche, je l'avais enterrée avec le gamin pour ne plus jamais faire de bêtises. C'est idiot de gâcher toute une vie en un seul geste, en appuyant juste sur la gâchette. Je tourne huit fois ma langue dans ma bouche avant de parler mais, quand je suis énervé, je tire d'un coup.

Bang !

On s'entraînait dans la forêt. Il y avait des cibles sur les troncs d'arbre, elle aurait bien aimé, Cheyenne. Pas sûr qu'elle aurait pu cohabiter avec les autres. On avait tous notre petit caractère. Le sien semble particulièrement bien trempé. Une petite Cheyenne qui vit dans un tipi haussmannien, ce n'est pas commun. Je comprends qu'elle étouffe. Mais pendant ses vacances, sa fenêtre, elle aurait été bien inspirée de l'ouvrir, au lieu de se poster derrière comme devant un écran. J'imagine le film, un western urbain romantique.

CHEYENNE ET TRISTAN

Séquence 1 – INT – CHAMBRE – NUIT

Une adolescente aux cheveux ébouriffés, un sac-poubelle sur le dos, se filme avec la caméra de son ordinateur. Elle fixe l'écran, le regard noir, pour réciter son monologue.

CHEYENNE

Je me présente : Cheyenne, quinze ans, une coupe à la garçonne, un regard féroce. Je bouillonne. Je suis un volcan sur le point d'exploser.

Elle saisit son téléphone et tape à toute vitesse.

« Maman, tout va bien. Mais ne m'appelle plus, je prévois de me pendre demain. »

Puis elle éteint son portable. Elle ferme l'ordinateur. Elle prend une douche brûlante. Elle jette sa pelure à la poubelle. Elle se regarde, nue, devant la glace, sans ciller. Elle signe l'armistice.

Sur une feuille de papier, elle écrit au marqueur « Un café ? » et elle scotche la feuille sur la vitre. Dix minutes plus tard, une autre feuille lui répond en face : « OK. »

Troisième feuille : « Où ? »

Quatrième feuille : « Viens. »

Séquence 2 – INT – SALLE DE BAINS – NUIT

Cheyenne met du rouge à lèvres rose, plutôt gai, et ébouriffe ses cheveux pour leur redonner un peu de mouvement. Aucun habit convenable en vue mais, dans la salle de bains, elle retrouve un collier que son père lui a offert et qu'elle n'a jamais osé porter. Une petite pierre turquoise pend au bout d'une fine lanière en cuir. En l'attachant à son cou, elle esquisse un léger sourire. Elle se recoiffe une dizaine de fois sur le trajet.

Séquence 3 – EXT – MAISON – NUIT

Le garçon l'attend devant le portail, tripotant nerveusement une cigarette entre ses doigts. Il ouvre la porte d'entrée en précisant qu'il n'y a personne. Elle est bien placée pour le savoir, puisqu'elle l'espionne depuis cinq jours. Sans un mot, elle le suit et pénètre dans la propriété de la star. En progressant sous la verrière, elle a l'impression de fouler un sol sacré. Elle traverse la maison dans laquelle l'actrice a respiré, s'est endormie, s'est déshabillée.

Séquence 4 – EXT – TERRASSE – NUIT

Sur la terrasse, pour la première fois, elle observe sa propre fenêtre. Elle est surprise de la découvrir sous cet angle : elle paraît à la fois familière avec son châssis en bois légèrement fendu et le pot de fleurs marron, et mystérieuse, obscurcie par les murs noirs de sa chambre. Son immeuble de six étages paraît imposant. Il barre l'horizon. Jamais elle n'aurait imaginé que la vue était plus belle et dégagée de sa fenêtre. Les hirondelles virevoltent, les bambous bruissent. Il fume. Tandis que le bout orangé de sa cigarette scintille dans l'air, elle repense à ce documentaire sur Bénarès qu'elle a vu à la télévision, à

Noël, avec les familles veillant toute la nuit les corps emmaillotés de leurs proches qui se consument lentement, très lentement, autour d'un bûcher.

Elle a l'impression d'assister à une crémation en étant là, dans un silence de recueillement, avec cet étranger. Mais une crémation de quoi, elle ne sait pas.

C'est elle qui brise le silence.

CHEYENNE

Tu fais quoi, là ?

TRISTAN

Je fume.

CHEYENNE

Non, je veux dire : tu fais quoi, là, chez l'actrice ?

Il fait un vague mouvement de la main vers la maison.

TRISTAN

J'assiste.

CHEYENNE

T'assistes à quoi ?

TRISTAN

Je suis un assistant. J'assiste.

Il lui explique avoir été embauché par les producteurs du nouveau film de l'actrice pour veiller sur son séjour parisien. Il garde surtout la maison. Et passe tout son temps libre à filmer son environnement, car il veut devenir réalisateur.

CHEYENNE

T'as qu'à demander à l'actrice de t'embaucher sur son prochain tournage.

TRISTAN

Pfff !

CHEYENNE

Ben quoi ? Elle pourrait te pistonner pour devenir premier assistant ou quelque chose dans le genre.

Il hausse les épaules.

TRISTAN

C'est à sa mère, que je devrais demander.

CHEYENNE

Sa mère ?

TRISTAN

Ben oui. La femme blonde qui est tout le temps là. Tu as dû la voir de la fenêtre, non ?

Elle rougit.

TRISTAN

C'est elle qui s'occupe de la carrière de sa fille. Elle gère son argent, ses affaires quotidiennes, tout ça. Elle l'accompagne partout depuis qu'elle a décroché son premier rôle, à quatorze ans, je crois.

CHEYENNE

Treize.

TRISTAN

Treize, mademoiselle l'experte.

Elle encaisse le coup.

CHEYENNE

Tu veux dire que, depuis cinq ans, sa mère la suit partout ?

TRISTAN, en riant.

L'horreur, non ?

Cheyenne en reste sans voix. Elle se demande où est le père. L'actrice est peut-être orpheline de père. Il y a cette actrice sud-africaine dont la mère a tué le père, ils en ont parlé dans une émission. Ou bien il est interné dans un asile. Ou en prison. Serait-ce l'homme à la bedaine ? Non, il ne lui ressemble pas du tout. Peut-être qu'elle a été conçue par don de sperme. Ou adoptée.

TRISTAN

À quoi tu penses ?

Les parents feraient bien de ne pas fouiller dans les carnets intimes de leurs enfants et les garçons dans les pensées des filles. Elles ont généralement déjà franchi l'Atlantique quand ils préparent tout juste leur valise.

La présence de ce garçon près d'elle, à quelques centimètres de son propre corps, soudain, c'est trop. Sa tête tourne. Elle lui propose de faire un tour dans le quartier.

Séquence 5 – EXT – QUAIS DE SEINE – NUIT

Ils se promènent dans les rues de Paris, sans trop parler. Avec son caméscope, il filme tout ce qui l'inspire, les lumières des péniches qui se reflètent sur les ponts, les pavés humides et scintillants. Ils mangent dans un restaurant chinois, Tristan zoome sur les mains de Cheyenne qui se démènent avec les baguettes. Ils donnent à leurs doigts des noms de super héros et organisent un combat de baguettes galactiques sur la nappe en papier tachée de sauce au soja. Puis ils longent les quais de Seine en inventant le scénario d'un polar jusqu'à ce qu'elle frissonne et qu'il lui propose de rentrer.

Lorsqu'ils arrivent devant le portail, vers minuit, elle s'arrête brusquement comme si elle avait oublié un bébé à l'intérieur d'une voiture.

CHEYENNE

Et l'actrice ?

TRISTAN

Elle est en tournage toute la nuit. Avec sa mère.

Ils échangent un sourire complice. Cheyenne se sent au centre de l'Univers.

Voilà, cela s'est passé comme ça, vendredi. À peu près. Bon, ce n'est pas elle qui a fait le premier pas, c'est moi qui l'ai invitée avec une pancarte. Mais elle a répondu et elle est venue. Et, si j'ai inventé ses pensées et ses gestes dans la salle de bains, le rouge à lèvres rose elle en avait bien mis, et elle portait un collier turquoise aussi.

D'habitude, je me tiens à l'écart des filles. Mais Cheyenne, elle semblait particulière. Elle parlait très peu, ce n'était pas un moulin à paroles, elle ne se prenait pas du tout pour une princesse. Ça faisait du bien. Et son regard, il était si sombre, je me suis dit qu'elle pourrait comprendre les tremblements, les lundis, le fossé que je dois traverser après les bêtises pour remettre les pieds sur la terre ferme. Quand je me réveille, chaque matin, mes rêves ont été si intenses, si denses, qu'il me faut du temps avant de rejoindre la réalité. Une fille qui avait installé une corde dans sa chambre pour se pendre devait pouvoir comprendre ça.

Il y a eu un moment étrange que je n'ai pas raconté dans mon scénario. Quand on était sur la terrasse, vendredi après-midi, elle n'a pas arrêté de fixer la cheminée en briques. J'ai cru qu'elle allait me parler du gamin, j'ai senti qu'elle n'arrêtait pas d'y penser, mais elle n'a pas osé. Elle n'a rien demandé. Ça m'a plu. Même ma jambe, elle ne l'a pas fixée comme font les autres. Elle semblait plus occupée à tirer sur son sac-poubelle pour cacher ses fesses. C'est à cause de la publicité, tout ça. Il n'y a que des femmes anorexiques sur les affiches, à la télé, alors les filles finissent par penser que c'est ce que les hommes aiment regarder. Ils mettent bien des affiches dans les W-C, avec des mannequins osseux ou siliconés, mais ce sont les femmes réelles, avec des fesses et de la graisse et tout, dont ils tombent amoureux. Il aurait fallu que je lui explique. Ses fesses rebondies, ses joues bombées comme des abricots, ça faisait tout son charme.

Ce vendredi, vers minuit, alors qu'on était devant le portail, j'ai proposé à Cheyenne de visiter la maison de l'actrice. Elle a hésité, mais elle a préféré rentrer.

En se souhaitant bonne nuit, on ne s'est pas embrassés. Peut-être qu'on est trop étranges tous les deux pour faire ce que font la plupart des gens, s'embrasser, se marier, acheter une grosse voiture avec des sièges auto et des pare-soleil. Il paraît que c'est plus pratique pour voyager, les valises à roulettes, mais je ne vois pas pourquoi. L'actrice, elle traîne la sienne sur des centaines de tapis roulants, d'escaliers mécaniques, de soutes d'avion, et cela ne l'a jamais incitée à observer le paysage. Elle reste les yeux collés à son portable. Cheyenne, impossible qu'elle ait une valise à roulettes. Elle doit avoir un sac à dos bien pourri, mais quand elle balaie du regard autour d'elle, les détails s'enregistrent dans sa tête. Son cerveau, c'est un ordinateur surpuissant, c'est sûr, tellement plein et sensible qu'elle ne peut sortir à l'air libre qu'avec des pincettes. Il aurait fallu que je lui dise aussi.

Je ne pouvais pas savoir que tout allait se détraquer.

Je n'ai pas de domicile fixe, mais je ne traîne pas pour autant n'importe où. Vous essayez de me faire dire que j'étais en forêt alors que ce n'est pas vrai.

Quand on s'est revus avec Cheyenne samedi, c'est-à-dire hier, on est restés à la maison car l'actrice n'était toujours pas rentrée. On a joué à « la confession ou le goulot ». C'est un jeu que j'ai inventé avec mon pote Christopher. La règle consiste à confier une anecdote qui nous a marqués et qu'on n'a jamais révélée à personne. Si elle émeut, on a gagné. Sinon on boit au goulot une gorgée de vodka cul sec, avant de retenter sa chance avec une nouvelle histoire. Ceux qui n'ont rien à dire ou qui racontent très mal finissent généralement saouls. Mais Cheyenne, elle m'a eu dès la première tentative.

Elle m'a avoué qu'elle n'était pas rentrée un soir pour dîner, cet hiver. Exceptionnellement, elle avait traîné dehors après la classe avec la petite bande qui squatte près des scooters en fumant, buvant de la bière, ricanant bêtement en secouant frénétiquement les épaules. Lors du dernier cours de l'après-midi, le prof principal l'avait encore surprise à écrire dans son carnet au lieu d'écouter, il avait lu tout haut l'histoire qu'elle avait griffonnée à propos d'une orpheline aux pouvoirs surnaturels. Toute la salle s'était esclaffée.

– Une jolie carrière vous attend, Chély Champyon. Scribouillarde dans la troisième dimension, peut-être ?

Les éclats avaient redoublé. Puis, s'abaissant vers elle pour lui rendre son carnet, il avait chuchoté :

– Petite romancière du dimanche, va !

Humiliée, elle était restée longtemps avec la bande des scooters. Elle avait oublié l'heure et raté le dîner. Lorsqu'elle était enfin rentrée, sa mère faisait les cent pas dans le salon. Elle avait manqué de gifler sa fille. Puis elle l'avait prise dans ses bras en sanglotant. Cheyenne n'avait rien ressenti. Ça l'avait inquiétée, cette indifférence : comme si elle était devenue hermétique à la vie.

C'est là qu'elle m'a parlé de la corde, puis de toutes les histoires qu'elle écrivait. Il ne faudrait pas qu'il y ait un incendie, je lui ai dit, t'imagines si tout part en cendres ? Les écrivains, ils publient. Comme ça, même s'il y a un feu dans leur immeuble, leurs récits sont sauvés. Elle a plissé les yeux, dubitative, tout en passant la main dans sa frange pour se recoiffer. C'est une sacrée fille, quand même. J'ai un bon instinct pour repérer les perles dans les objets perdus. C'est une grande qualité. Je ne voudrais pas me lancer des fleurs, qu'on croie que je me prends pour un gars extra, mais j'ai toujours eu une grande facilité à reconnaître mes qualités. Je visualise assez clairement ce que je peux faire de moi. Comment tirer le meilleur de mon bout de gras.

– Tristan, mon p'tit gars, il est temps que t'enterres ton gamin. C'est Pépite qui a donné le top départ de l'opération. Cela faisait des semaines que les autres l'avaient fait, moi je traînais des pieds parce que je n'aime pas les trucs passés. Mais dans un groupe clandestin, il y a des règles à suivre pour ne pas être exclu. La solitude, ça me va, même si j'apprécie aussi de faire partie d'une bande. Surtout quand elle est constituée de copains déjantés, chacun avec ses problèmes et ses fils barbelés dans les jambes. Alors, je me suis mis à la couture.

Son gamin, il faut bien réfléchir à tout avant de l'enterrer : est-ce qu'il a les cheveux bien peignés, des habits propres, ou plutôt un paquet de nœuds et des fripes ? Est-ce qu'il est joyeux ou plutôt triste ? Le rituel, c'est de tout noter sur un bout de papier. Il y en a qui griffonnent des pages entières. Si Cheyenne avait été là, elle m'aurait aidé. Elle aurait sûrement écrit un roman. Moi, comme j'ai du mal avec les mots, j'ai demandé si je pouvais mettre une de mes vidéos à la place et il y a eu un conciliabule pour trancher et finalement cela a été accepté. Alors j'ai juste noté sur un Post-It « à ma maman » parce que c'est la règle : il faut s'adresser à quelqu'un qu'on aime très fort. Bon, ma mère, ce n'était pas la meilleure des cuisinières ni la reine des câlins, mais elle m'a quand même nourri et bordé pendant six ans alors ce n'est pas rien. J'ai glissé la clé USB sur laquelle j'avais enregistré mon film dans la poche du manteau taille enfant que j'avais volé dans un magasin. C'était dans une chaîne d'hypermarchés cotée en Bourse donc je n'ai pas trop culpabilisé. Le film, je ne décrirai jamais ce que c'était. Pas parce que c'est un secret, juste parce que je ne pourrais pas l'expliquer. Je peux juste dire que j'ai filmé des tas de choses, comme j'aime le faire, des animaux en train de courir, flous, une casquette tombée dans une flaque d'eau, des chenilles sur un tronc d'arbre, les copains. Tout ce qui me donne envie de me lever le matin, ce que je ne pouvais pas deviner et qui s'est produit quand même, alors autant vivre pour découvrir ce qui va survenir. Voilà ce que je pense. Et c'est ce qu'il faut écrire avant d'enterrer son gamin : ce qu'on a aimé dans son passé et ce qu'on aimerait bien pour le futur. Je n'ai pas parlé d'amour, Cheyenne je ne l'avais pas encore rencontrée. Mais des papillons qui virevoltent au-dessus d'une bouche d'égout soufflant de l'air chaud, c'est pareil.

Donc, on l'habille exactement comme quand on était enfant, on le coiffe ou le décoiffe selon nos souvenirs, et quand le gamin ressemble à celui qu'on était quand on rampait encore, on peut l'enterrer. Il y en a qui choisissent un poupon ou qui bourrent un sac en tissu de coton puis qui dessinent les yeux, le nez, la bouche, qui collent de la ficelle pour les cheveux. Chacun fait comme il veut. J'ai tricoté longtemps avant d'arriver à ce que je voulais : mon gamin, il avait l'air vraiment futé. Et heureux. Avec le coton, j'ai ajouté aussi des galets et même un cadenas très lourd, car il faut de tout pour se forger. Ensuite, on l'enterre pour ne jamais oublier, mais aussi pour passer à autre chose. C'est un rituel. J'ai préféré le faire seul, sans témoin. Bon, en vrai, il y avait aussi Cheyenne qui s'est incrustée dans la cérémonie malgré elle. C'était peut-être mieux, qui sait ? Au moins, j'ai pu tout lui raconter et ça a eu l'air de la soulager. Elle s'était encore imaginé un drame, comme quoi j'avais tué l'enfant disparu, celui dont ils avaient parlé à la radio. Quand elle a compris son erreur, elle a presque pleuré de joie. Oui, oui, elle est vraiment trop drôle ! On ne s'ennuie pas avec elle, c'est même un peu dur de la suivre dans toutes ses élucubrations. C'est une fille à vivre des voyages intérieurs quotidiens, pas besoin de prendre l'avion. Il suffit de lui demander comment s'est passée sa journée, et le bout du monde est à notre portée.

Bon, voilà. Maintenant, vous n'avez qu'à aller dans le jardin déterrer le gamin et vous verrez que je dis la vérité.

Ce n'est pas moi l'assassin.

3

L'ACTRICE

Je veux bien de l'eau, merci. Non, je n'ai pas froid.

Je loge là, effectivement, mais la maison appartient à ma mère. C'est elle qui a signé chez le notaire. Enfin, je n'y viens pas souvent. Seulement quand je suis en tournage dans la région parisienne ou pour la promotion de mes films. Sinon j'habite à l'hôtel. Les chambres impersonnelles ne me dérangent pas trop, j'ai l'habitude, et je ne vais pas me plaindre de dormir dans des palaces. Je n'ai connu que ça depuis mes treize ans : les déplacements, le room service, les trois serviettes dans la salle de bains pour les mains, le corps, la sortie de douche ; le couvre-lit sans un pli, la télévision au mur, le menu, les consignes, le plan de la ville, le bouquet de fleurs de bienvenue. Je suis sur la liste des VIP. Mes préférences sont archivées. Alors ils n'oublient pas de choisir des roses rouges uniquement, en disposant quelques pétales sur l'oreiller.

J'ai dix-huit ans. Cela fait cinq ans que je n'ai pas pris de vacances. Mais on me croit en vacances perpétuelles.

Si cela ne vous dérange pas, je préfère garder mon chapeau. La lumière naturelle m'éblouit. Mes yeux sont très fragiles, c'est pour cela que je mets des lunettes de soleil, mais on prétend que je fais ma star. Oui, on présume beaucoup de choses sur mon compte. J'évolue sur un écran alors tout le monde projette ses fantasmes sur moi.

La forêt? J'adorerais m'y ressourcer, mais quand en aurais-je l'occasion? Vous n'aurez aucun mal à retracer mon emploi du temps. Il suffit de demander au régisseur du film dans lequel je joue en ce moment, à ma mère qui note chacun de mes déplacements dans son agenda électronique ou à la dizaine de paparazzis qui me pistent vingt-quatre heures sur vingt-quatre. Pour un euro cinquante, le prix d'un magazine people, vous saurez ce que j'ai mangé au petit déjeuner.

Non, je ne sais pas nager. J'ai la phobie de l'eau. J'ai refusé de tourner dans une superproduction qui se déroulait à Hawaï pour ne pas avoir à me baigner. L'avion aussi me panique. Mais je n'ai pas le choix: je prends deux tranquillisants avant chaque vol. Ma mère me réveille avant l'atterrissage pour que j'aie le temps de me maquiller. À chaque photographie de moi le visage blafard dans un aéroport, on suppute que mon prétendu compagnon m'a trompée ou que je suis atteinte d'une maladie grave. Parfois, j'ai l'impression d'être un spectre de moi-même.

Que voulez-vous savoir précisément ? À 15 h 59, cet après-midi, je devais être dans un taxi. J'ai effectivement quitté le tournage précipitamment, qui vous l'a dit ? Ma mère ? Je n'étais pas au courant qu'elle était au commissariat.

Alors vous savez tout, non ?

Une mère sait tout. Elle déploie ses ailes et ses antennes, nourrit ses oisillons, les recouvre de son duvet chaud au risque de les étouffer. Tout ce qui vient d'elle n'est jamais mauvais, pense-t-elle. C'est l'extérieur qui est un danger. Ma mère, c'est elle qui répond à mon courrier, choisit mes films, signe les contrats, achète mes habits, gère les médias. C'est ma chef, en quelque sorte. Elle me confesse, aussi. En fait, ce serait plutôt la représentante de Dieu dans ma vie.

Je n'ai pas de petit frère. Je suis fille unique. Les enfants, je n'en croise pas souvent. Je ne saurais même pas comment jouer avec eux, j'ai oublié. Ou peut-être n'ai-je jamais joué, cela risquait d'abîmer mes mains. Ma mère veillait.

Le cinéma, c'est surtout magique à l'écran. En faire est plus éreintant. Entre l'ombre et la lumière, si on m'avait laissée choisir, j'aurais préféré l'ombre. À l'abri d'un noisetier, j'aurais passé mes journées à dessiner. Les projecteurs, les regards des spectateurs, j'en ai eu vite assez. Mais je ne sais pas pourquoi je vous raconte tout ça, excusez-moi. La semaine, le mois, l'année ont été très chargés. Je n'ai jamais le temps de me reposer. Lâcher prise. Me délester de cette tension que l'on m'inflige. Je laisse faire. C'est mon drame : faire plaisir à la mère. Je n'ose pas lui dire non, je fais tout à contrecœur, par amour et par lâcheté. Troublant mélange. Je ne sais plus qui je suis. Je n'ai jamais su.

L'argent, ce n'est pas un mobile. Pardon, un moteur, je veux dire. En avoir tellement, c'est presque ne plus en avoir. Ma mère déteste quand j'exprime cette idée, surtout devant des journalistes. Avec tous ces misérables, murmure-t-elle, en parlant des travailleurs anonymes. La célébrité, c'est un soleil noir. Il aveugle et fascine. Le prix à payer pour cette vie privilégiée est lourd. J'en ai plein le dos, oui, on peut le dire !

Il y a tant de choses qu'il faut taire.

Pendant que mes amis allaient en cours, je me déplaçais aux quatre coins du monde pour les tournages et la promotion. La première fois que j'ai parlé à la télévision, j'avais les joues rouges et le sourire niais. Puis j'ai appris à m'exprimer sans avoir l'air trop figée et sans trembler. On croit que c'est difficile, ce n'est qu'une question d'entraînement.

Il fait chaud. Vous trouvez qu'il fait froid ? Ah non, moi j'ai chaud. Très chaud. J'ai même du mal à respirer. Pouvez-vous ouvrir la fenêtre ? Ne vous inquiétez pas, je ne vais pas sauter.

Même si j'y pense parfois...

La corde, c'est la première chose que j'ai vue lorsque j'ai regardé à travers la véranda. La cheminée en briques, le jardin, je connaissais. Mais ce détail-là, cette corde qui pendait du plafond au milieu d'une chambre en désordre, au troisième étage dans l'immeuble d'en face, il m'a happé tout de suite.

Faire la morte, je m'y connais.

Sourire et ne rien écouter ; sourire et mourir à petit feu. Je quitte mon corps régulièrement. Je l'oublie sur des plateaux de cinéma, dans des caravanes de luxe, des piscines privées.

On le malaxe, le maquille, l'habille.

Il se laisse faire comme un pantin. D'autres diraient poupée, mais non. On ne cherche pas toujours à me rendre jolie, on me manipule, surtout. La corde, si j'en avais eu une, moi aussi je l'aurais accrochée au plafond. Mais on veille sur le moindre de mes faits et gestes. Je ne suis jamais seule. Je n'ai pas connu une journée sans quelqu'un à mes côtés depuis des années. Cela n'épargne pas la solitude. Entourée de dix assistants, on peut se sentir sur une île déserte. Insignifiante sur un tapis rouge, transparente sous les flashs.

Je n'ai plus d'amis. Les quelques copines que je fréquentais au collège déversent désormais des ragots sur moi sur le Net. Elles prétendent que je les ai snobées lorsque j'ai commencé à tourner. Tout est allé si vite. Une pression m'est tombée dessus tandis qu'elles continuaient à mâcher des chewing-gums, avachies sur leur lit. Je ne pouvais pas les emmener en tournage avec moi. Alors, au bout de quelques mois, nos vies ont pris des axes diamétralement opposés. Nous n'avions plus rien à nous dire.

Je ne connaissais pas cette voisine. Mais, vous savez, je ne fréquente personne dans le quartier. Je ne fréquente personne en général, à part les employés qui travaillent sur un tournage. On me prête toutes sortes d'aventures avec des acteurs, des chanteurs, des metteurs en scène, et tout cela est faux. C'est du toc, un décor en carton-pâte pour faire vendre des journaux de caniveau.

Avant d'être célèbre, j'étais timide. Mes jambes tremblaient à chaque rentrée scolaire. J'espérais me faire des amis sans avoir à parler, mais mon silence n'intriguait personne. On me laissait dans mon coin, à dessiner sur un petit calepin. C'est une activité à laquelle j'ai dû renoncer, en plus de l'amitié, lorsque ma « carrière » s'est emballée : le dessin.

Cet enfant, celui qui s'est noyé, à quoi ressemblait-il ? Avez-vous un portrait-robot ?

C'est terrible, ce mot : portrait-robot. Il me conviendrait bien, finalement. On me prend en photo pour m'encadrer comme si j'étais un objet.

Cette voisine, quelque chose en elle m'a touchée. Elle semblait si différente de moi. Tous ces gâteaux, chips et sodas qu'elle ingurgitait à sa fenêtre... Tout cela m'est interdit. C'est du poison. Quelques kilos en trop et je risque de perdre des millions. Elle ne perdait pas de temps, elle, à se vêtir. Elle ne s'habillait pas. Une culotte, une fripe, et hop ! Elle était prête. Pour faire quoi, c'était un mystère. Elle restait des heures devant la fenêtre. Les gens croient que je somnole quand j'ai les yeux fermés, mais c'est un leurre, la seule solution que j'ai trouvée pour qu'on arrête de me solliciter. Je fais semblant de m'assoupir n'importe où pour avoir un peu la paix. Et la nuit, je ne dors pas.

Le jour de mon arrivée, lorsque je suis rentrée tard d'un gala de charité, sa fenêtre était restée éclairée, une lueur dans l'obscurité. J'ai imaginé sa vie. Ses journées au lycée, les soirées auxquelles elle devait être invitée, les vacances au bord de la mer. Cela me paraît si loin. Les contraintes de l'école ont été remplacées par la pression des banquiers et des producteurs. Je dois alimenter sans cesse la curiosité du public. La cour de récréation me manque. Même les devoirs, je les regrette. Désormais, je suis notée chaque minute par des internautes qui cliquent sur un pouce levé ou sur un nombre d'étoiles. Les commentaires de ces spectateurs sont plus sévères et ingrats que ceux des professeurs : ils se déversent sur moi. Une averse de haine me réveille chaque matin. Trop belle, trop moche, trop maigre, trop grosse, trop riche, trop triste, trop légère. Si je suis de trop, pourquoi ne pas m'effacer ? Disparaître sur la pointe des pieds. Dessiner mon portrait-robot puis le gommer.

Pour donner la mort, je suppose qu'il faut avoir eu une vie vraiment difficile. Avoir connu des événements tellement horribles qu'on ne peut pas les nommer, on ne peut que gommer. On dit toujours qu'une mère donne la vie. Mais, comme toute existence se conclut inexorablement par un décès, une mère n'engendre-t-elle pas également la mort ? Même sur la forme interrogative, cela ne se dit pas.

Peut-être qu'un assassin porte en lui beaucoup de choses qui ne se disent pas. Et il finit par porter un cadavre sur son dos.

Tristan ? Je ne connais personne de ce nom-là. Ah, le garçon qui garde la maison ! On ne se parle pas, vous savez, avec les assistants. Les visages et les prénoms changent si souvent, je ne les retiens pas. Ce n'est pas du mépris, ou alors je ne me rends pas compte... C'est vrai, maintenant que vous le dites, j'aurais pu lui demander son prénom. J'ai quitté la terre ferme en devenant une star planétaire. Je n'ai plus de poignées de porte à tourner, de portières à ouvrir, de chaussures à lacer. On me tend des stylos et des bouts de papier pour les autographes, on déroule le tapis rouge sous mes pieds. Je n'ai qu'à me laisser porter vers ce monde parallèle où les habits sont toujours pliés, repassés, pas roulés en boule sur une moquette tachée.

Tristan, c'est un joli prénom. Mais il a une tête d'assassin, ce garçon. Une petite cicatrice barre l'arc de son sourcil, le gauche ou le droit, je ne pourrais pas dire. Cela lui donne un air un peu bandit. Sinon, les traits de son visage sont plutôt doux. Je ne crois pas que l'on m'ait précisé son nom. Je me souviens juste de l'avoir trouvé trouble : à la fois beau et dangereux.

Vous pensez que c'est lui qui l'a tué ? Vous ne voulez pas me dire, je comprends. L'enquête doit rester secrète. Ce calepin ! Où l'avez-vous trouvé ? Ma mère… Mais c'est horrible ! Elle n'avait pas le droit de fouiller dans mes affaires.

Je n'ai plus envie de vous parler. Les sites, les journaux, les fans qui saccagent mon intimité, je suis habituée, pourtant. Mais ce calepin, c'est différent. C'est mon jardin secret.

Oui, c'est Tristan. Je l'ai dessiné. Et alors ? Bien sûr que je me souvenais de son prénom. Il ne s'oublie pas. Mais on s'attend tellement à ce que je ne prête attention à personne... Jouer mon rôle de petite peste célèbre est devenu une habitude. Une seconde peau.

Cette semaine, il s'est passé quelque chose. Il survient des choses à chaque instant, me direz-vous, mais là, c'est différent. Il s'est passé quelque chose en moi.

Après tout, au point où j'en suis... Autant tout raconter.

Il faut se mettre à ma place. Ma vie s'écoule à un rythme effréné. Je mets mon chapeau, mes lunettes de soleil et je me laisse glisser dans les robes que l'on me tend. Jeudi matin, j'étais en pleine séance d'essayage, dans le salon, quand j'ai aperçu Tristan sur la terrasse exhiber une feuille de papier devant lui. J'ai été intriguée, jusqu'à ce que je comprenne qu'il communiquait avec la fille d'en face. Je ne pouvais pas lire ce qu'il avait écrit. Mais j'ai pu déchiffrer le message que la voisine a plaqué contre la vitre de sa fenêtre, quelques instants plus tard.

NON, ON MEURT

Cela m'a provoqué une pointe au cœur. Je me suis mise à respirer difficilement et il a fallu interrompre les essayages. Dans la salle de bains, j'ai aspergé mon visage d'eau, puis j'ai pleuré. Ma mère frappait à la porte en me demandant de lui ouvrir. J'ai essuyé mes larmes et fait comme si de rien n'était en sortant.

Tristan n'était plus là.

J'ai eu peur qu'il ne revienne jamais. Les animaux sauvages, il faut rester longtemps près d'eux avant de bouger sinon ils s'enfuient. Et c'est le genre de garçons à disparaître sans laisser de trace.

Comment un inconnu pouvait-il me troubler à ce point ? Cela ne m'était jamais arrivé. En même temps, était-ce vraiment lui qui me chamboulait ou la voisine ? Ce qu'elle avait écrit me perturbait. J'y ai pensé constamment, ce jour-là. Il a fallu me rendre sur le tournage, mais j'aurais voulu rester. Me confier à Tristan qui était revenu. Aller frapper à la porte de la voisine et discuter avec cette adolescente sur son lit, comme deux copines du lycée. Se plaindre des parents, des garçons idiots, des surveillants. Pouffer en lisant les ragots sur des actrices à peine pubères.

Mais j'étais de l'autre côté. Là où tout, paraît-il, se passe.

Du jeudi après-midi jusqu'à hier soir, samedi, nous avons tourné dans le quartier des Champs-Élysées.

Comme plusieurs scènes avaient lieu de nuit, nous dormions sur place. Hier, quand le soir est tombé, ma mère s'est assoupie sur le canapé de la caravane. Le tournage avait pris du retard à cause d'un souci technique que personne ne m'a expliqué. Non pas parce qu'on m'avait oubliée (cela n'arrive jamais), mais pour m'épargner les problèmes concrets. Un assistant m'a apporté une corbeille de fruits, des macarons et des magazines pour patienter. Quand il a eu le dos tourné, je me suis faufilée le long des caravanes garées sur l'avenue, emmitouflée dans un anorak avec capuche pour que personne ne me reconnaisse. Arrivée à un rond-point, j'ai hélé un taxi pour rentrer à la maison. Ce n'était pas la première fois que je quittais en douce un tournage.

Quel crime avais-je commis pour m'enfuir ainsi ? C'est une bonne question. C'est vrai, je me sentais coupable. De toute cette attention que l'on m'accordait alors que je n'estimais pas la mériter. De ne pas prendre de plaisir à tourner, quand tant de gens rêvent d'exercer ce métier. D'avoir pensé à gifler ma mère pendant son sommeil. Quelle fille ingrate ferait une chose pareille ? Personne ne doit s'imaginer faire ça. Jamais. Après tout ce que ma mère a fait pour moi... Que ferait-elle de sa vie si j'arrêtais le cinéma ?

Oui, c'était une évasion.

Quand le taxi m'a déposée devant le portail, j'ai tout de suite repéré le halo de lumière sur la terrasse. Je me doutais que c'était Tristan, mais je ne m'attendais pas à ce que la voisine soit avec lui. Je n'ai pas fait de bruit. J'ai pénétré tout doucement dans le jardin et je me suis cachée derrière la cheminée en briques pour les observer.

Ils avaient étalé un duvet sur la terrasse. Des bougies étaient disposées tout autour d'eux sur le sol. Tristan effleurait la perle turquoise que la voisine portait à son cou. Puis il a caressé ses cheveux et un roc s'est fissuré en moi. Au même moment, l'adolescente l'a brusquement repoussé et s'est mise à sangloter.

– Cheyenne, ça va?

La voisine s'appelait donc Cheyenne. Il l'a regardée intensément sans oser poser plus de questions, sans même la toucher, comme s'il fallait la laisser évacuer sa tristesse avant de tenter un nouveau rapprochement. Alors elle a commencé à raconter. Sa voix était si émue que j'ai dû m'avancer vers la maison et me plaquer contre le mur pour entendre.

Il y a quelques années, quand Cheyenne était entrée au collège, sa mère avait subitement perdu l'appétit. Elle était restée un an dans son lit. Malade, apparemment, même si personne n'avait expliqué le mal dont elle souffrait. Chaque matin, sa fille faisait chauffer la bouilloire et préparait les médicaments : deux pilules bleues, trois rouges, un sachet de poudre blanche dans un verre d'eau. Elle posait le plateau sur la table de chevet avant d'aller au collège. Si sa mère avait les yeux fermés, elle passait la main devant ses narines pour s'assurer qu'elle respirait encore.

C'était survenu après l'événement. Il avait laissé sa mère K.-O. Il avait été question de l'aile C d'une maternité, du visage blafard de sa mère dans la salle d'accouchement et des yeux fuyants de son père dans le couloir. Pendant des semaines, ensuite, Cheyenne avait rêvé d'un corps inerte ; un petit frère qui était devenu ange avant même de jouer avec elle. Son berceau vide dans la chambre du fond. Peut-être n'y avait-il plus de place pour lui ? Cheyenne avait pris le dernier lit, mais depuis elle dormait sur un matelas posé à même le sol, il faudrait lui dire de revenir. Quelqu'un pourrait-il traverser les mondes et le ramener ? Le déposer dans les bras de sa mère, qu'elle puisse enfin reprendre goût à la vie et se débarrasser une bonne fois pour toutes des pilules rouges ? Mais c'était un secret. Il ne fallait pas en parler, que personne ne vienne la questionner sur ce ventre arrondi qui s'était vidé sans un cri.

À la rentrée de cinquième, la vie avait repris comme si rien ne s'était passé. Comme si personne n'avait vu ce que la fille avait perçu chez sa mère : une faille.

Depuis cet événement, Cheyenne s'attendait à tout moment à ce que sa mère retombe malade. Rien que la regarder dans les yeux, cela l'inquiétait et la mettait aussi en colère. Elle avait l'impression que sa mère portait un masque, celui de la femme dynamique, débordée, omniprésente et pourtant vulnérable. Les autres n'avaient pas l'air de ressentir la même chose : son père, ses frères, les professeurs semblaient vivre dans le même tourbillon que sa mère et reprochaient à Cheyenne son apathie. Son manque d'enthousiasme, sa mauvaise humeur, ses devoirs bâclés, ses habits troués, rien ne leur convenait. C'était apparemment elle le problème.

À sa voix brisée, je devinais les larmes couler sur ses joues. Je me suis éloignée du mur pour mieux les observer. Doucement, Tristan s'est approché et a collé son visage près du sien. Ils étaient sur le point de s'embrasser, leurs paupières fermées, quand un jet de lumière les a séparés. Moi-même, j'ai sursauté. Ils se sont dégagés instinctivement l'un de l'autre : dans l'immeuble d'en face, la chambre de la voisine venait de s'éclairer. J'ai frissonné. Qui était là ? Qui était dans sa chambre ? Il y avait une ombre dans l'embrasure de la porte. Une ombre devant son lit. Près du bureau. Derrière la vitre.

Il y avait une femme à la fenêtre. Cheyenne a poussé un cri, avant de s'exclamer :

- Ma mère !

Tristan lui a lâché la main, elle s'est alors levée en pestant.

- Il faut toujours qu'elle s'incruste dans le décor.

- Elle n'était pas partie en vacances ?

- Si... Mais ça fait trois jours que je ne réponds pas à ses appels. Elle a dû paniquer.

La voisine a récupéré ses affaires à contrecœur. Tristan n'a pas cherché à la retenir, le moment était gâché. Une apparition dans la nuit avait mis fin au baiser, et l'avait même empêché de se produire.

Cheyenne est partie sans un mot. Je l'ai observée franchir le portail, elle était trop chamboulée pour m'apercevoir, figée dans la pénombre. La scène a continué dans sa chambre, lorsqu'elle a rejoint la femme brune aux cheveux bouclés qui se tenait debout, frêle, devant la fenêtre. Sa mère avait l'air très inquiète. Elle s'est mise à parler tout en s'approchant de Cheyenne, je me suis demandé si elle allait la prendre dans ses bras ou la gifler. L'un de ses pieds a dû buter sur un objet, car elle s'est penchée pour le ramasser. J'ai compris qu'il s'agissait du téléphone portable lorsqu'elle s'est relevée et a remis en place le chargeur en ayant l'air de sermonner sa fille. Puis elle a extrait quelque chose de son sac. Je ne discernais pas bien de quoi il s'agissait jusqu'à ce que l'adolescente se retourne, saisisse l'objet à son tour et le lève pour l'observer. C'était une étoile de mer. Quand elle l'a déposée sur le rebord de la fenêtre, l'étoile m'a semblé vivante : tremblante sous le vent comme si elle frissonnait.

Mère et fille ont ensuite quitté la chambre. Sur la terrasse, j'ai vu que Tristan avait suivi consciencieusement toute la scène.

J'ai attendu quelque temps, mais la voisine ne revenait pas et je commençais à avoir froid. Alors j'ai pris mon courage à deux mains pour rentrer dans la maison. Arrivée au salon, j'ai allumé la lumière et Tristan est venu à ma rencontre.

– Tout s'est bien passé ? m'a-t-il demandé.

Mais j'ai senti que ce n'était que par politesse, ou par devoir puisqu'on le payait pour ça. Il surveillait l'immeuble d'en face, qui semblait bien plus l'intéresser. J'ai cherché quelque chose à lui confier. Quelque chose qui pourrait le faire changer d'avis sur moi, le surprendre. Et cela m'est venu d'un coup.

– Je me demande ce que deviennent les bébés mort-nés.

Alors qu'il guettait la chambre toujours vide de la voisine, il a soudain tourné la tête vers moi. Son regard m'a pénétrée.

– Pardon ?

J'ai répété.

– Je me demande ce que deviennent les bébés mort-nés.

J'ai cru qu'il allait rester silencieux et faire comme s'il n'avait pas compris. À mon grand étonnement, il m'a répondu :

- On peut leur trouver un havre de paix. Un lieu particulier pour penser à eux et d'où ils pourront aussi s'envoler. Mon gamin, je l'ai enterré ici.

Et il a pointé la cheminée en briques du doigt. Des hirondelles tournoyaient autour. Un frisson m'a glacée. Se moquait-il de moi ? Il m'a alors révélé l'histoire du gamin. Parfois, certaines personnes restent bloquées dans leur existence, m'a-t-il expliqué. Il leur est arrivé quelque chose de mauvais alors elles ne veulent plus avancer de peur que cela se reproduise, ou bien elles aimaient tellement ce qu'elles ont perdu qu'elles préfèrent continuer à vivre dans leurs souvenirs. Beaucoup de gens ne vivent qu'à moitié. Leur corps est là, mais leur cœur et leur esprit sont ailleurs. Selon Pépite, une sorte de vieux sage qui ne se lave pas beaucoup, on peut représenter ce qu'on a perdu en fabriquant un gamin en mousse, en carton ou en papier. Ce rituel aide à faire la paix avec son histoire : on enterre le passé pour mieux revenir au présent. Cela permet de prendre conscience de ce qui s'est terminé et de réfléchir à ce qu'on voudrait vraiment pour l'avenir.

Je me suis demandé quel souvenir il avait choisi d'enterrer, sans oser lui demander. Tristan a poursuivi sur sa vie en Angleterre. On s'est assis côte à côte sur le canapé et j'ai été fascinée par toutes les aventures qu'il avait vécues dans son groupe clandestin. On en est venus à parler de la voisine. Je lui ai avoué avoir aperçu la mère dans la chambre éclairée en rentrant. Je me suis bien gardée de dire que je les avais épiés, eux aussi. Même si, en parlant du bébé, il avait bien dû comprendre que je les avais écoutés. Mais il ne m'a fait aucun reproche.

J'aurais aimé lui poser des questions sur sa relation avec Cheyenne et continuer à discuter avec lui toute la nuit, mais la fenêtre en face s'est à nouveau éclairée. Il a alors prétexté être fatigué pour monter dans sa chambre. Je savais que c'était pour mieux observer la voisine. J'ai collé mon oreille contre sa porte quand il est allé se coucher et j'ai entendu sa voix : il parlait sûrement avec elle au téléphone.

– Ça va ?

Il ne devait pas avoir beaucoup d'expérience avec les filles, car c'est typiquement la question à ne pas poser à une adolescente déprimée qui se nourrit de chips et de sucre gazeux, qui ne lave pas ses cheveux et cache son corps flasque sous des pulls trop larges en pensant masquer la misère.

- ...

- Tu viens ?

- ...

- Pourquoi ?

- ...

Je n'entendais que la voix de Tristan. Alors j'ai brodé. J'ai imaginé que la mère de Cheyenne l'avait punie et lui avait interdit de sortir de l'appartement.

Il y a eu un long silence, puis Tristan a dit calmement :

– En tout cas, moi, je suis là.

J'ai décollé mon oreille en l'entendant s'approcher et j'ai filé dans ma chambre. Il a ouvert doucement sa porte, avant de descendre l'escalier sur la pointe des pieds. De ma fenêtre, je l'ai regardé progresser sur la terrasse. Toujours aussi beau, aussi grand, un roc malgré sa jambe blessée. Quelques étoiles luisaient dans la nuit, comme perdues dans l'immensité. Lorsqu'un ululement s'est échappé de la gouttière, Tristan s'est soudain retourné et a levé la tête vers la fenêtre de ma chambre, me surprenant en flagrant délit d'espionnage.

En face, Cheyenne aussi nous observait.

Le jour allait bientôt se lever. Pendant plusieurs heures, nous étions restés tous les trois éveillés : Tristan avait filmé les bambous et toutes sortes de choses sur la terrasse, Cheyenne avait tourné en rond dans sa chambre et j'étais demeurée immobile derrière la fenêtre avant de sortir mon calepin pour dessiner. Ce sont eux que vous voyez. Oui, là, c'est Cheyenne avec ses cheveux décoiffés, son corps tout en rondeurs, son air malicieux. Et sur cette page, c'est lui. J'avais envie de poser un baiser sur ses yeux bleus magnifiques, ténébreux, sur ses lèvres charnues et sur la petite cicatrice près de ses sourcils. Régulièrement, Tristan avait éloigné son caméscope de son visage pour observer la voisine. Il semblait attendre sa décision.

Quand la lumière du jour a percé l'obscurité, mes paupières ont commencé à se fermer. J'ai lutté pour ne pas m'endormir, me focalisant sur une lézarde dans la façade de l'immeuble. J'ai vu alors un merle se poser sur le rebord de la fenêtre, en face, près de l'étoile de mer. Son bec a picoré dans la gouttière avant de s'enfoncer sous son plumage. Avec le cou tordu, rentré sous son aile, il ressemblait à une boule noire, jusqu'à ce que son bec couleur de feu rejaillisse. Il s'est envolé.

L'aube a peu à peu grignoté la nuit. Des perles de rosée scintillaient sur la cheminée en briques. L'adolescente s'est finalement décidée à enfiler un châle qui traînait sur la moquette et elle est sortie de sa chambre. Tristan a rangé à toute vitesse son caméscope pour aller l'accueillir devant la grille. Un croissant de lune, presque transparent, brillait encore dans le ciel. J'ai levé les yeux et contemplé tous les nuages blancs qu'il faudrait modeler pour exister. Un nouveau monde est apparu sous le calque du monde que j'avais toujours connu. Combien de couches, encore, y aurait-il ?

Tandis qu'un soleil rouge émergeait derrière la cheminée en briques, Tristan et Cheyenne se sont embrassés.

Mon téléphone a sonné. Au bout du fil : ma mère.

Elle était furieuse. Sa voix stridente écorchait les mots. Elle a exigé que je retourne immédiatement sur le tournage. Elle avait déjà envoyé une voiture me chercher, le véhicule m'attendait devant le portail. Je suis donc repartie à l'aube aux Champs-Élysées. Pendant toute la matinée, le réalisateur n'a pas cessé de me critiquer. J'avais la tête ailleurs. Ce midi, j'ai pensé qu'on était dimanche et que je prendrais bien une pause. Une toute petite pause. Oui, j'avais envie de marcher dans la nature. Seule. J'ai quitté en douce le tournage une nouvelle fois et, vers dix-sept heures, j'étais dans un taxi. J'avais effectivement projeté d'aller en forêt, mais j'ai indiqué au chauffeur l'adresse de la maison. Je voulais d'abord passer récupérer quelques affaires. Vos collègues sont arrivés au moment où je pénétrais dans ma chambre. Cheyenne et Tristan étaient sur la terrasse. Voilà.

Maintenant, je suis là.

J'aimerais bien avoir toutes les réponses à vos questions. Mais ce petit garçon, je ne l'ai jamais rencontré. Il a pu se noyer accidentellement. Comme moi, ne pas savoir nager. Il est possible aussi que sa mère l'ait étouffé. Avec une écharpe, un oreiller, puis qu'elle ait glissé son corps dans l'étang.

On ne saura peut-être jamais.

La photo de moi qui a été retrouvée dans sa poche, il a pu se la procurer n'importe où, il a pu l'échanger à l'école contre des billes ou des autocollants de footballeurs. L'assassin a également pu la placer là délibérément pour brouiller les pistes.

Il y a tant de drames qui défilent sur les écrans. Avec les chaînes d'information en continu, les émissions de téléréalité, le flot de messages sur les réseaux sociaux, on croit être concernés par le moindre événement qui se produit sur la planète. Comme s'il ne devait plus y avoir de zones d'ombre. Mais c'est impossible, de connaître la fin de toutes les histoires, les dessous de chaque crime. Tout est imbriqué, complexe, intime. Et tout ne nous regarde pas.

Chacun vit avec ses mystères et ses fantômes. Pour certains, c'est un petit frère qui manque, une mère, pour d'autres c'est un père ou le dénouement d'une enquête policière. Malgré tout, c'est peut-être ce vide, aussi, qui nous fait vivre. Il nous pousse à essayer de comprendre, à chercher, à créer. À aimer.

Depuis combien de temps m'interrogez-vous ? Les prochaines heures, vous devriez plutôt les passer en forêt pour trouver des indices, draguer l'étang. C'est drôle, quand on y pense : finalement, n'importe qui suspecté d'un crime se met à raconter sa vie. Heureusement, tous ceux qui se sentent coupables ne sont pas des criminels.

Ça y est, vous avez vérifié mon emploi du temps, je peux partir, maintenant ? Où dois-je signer ma déposition ? C'est la première fois que je parafe un document officiel, d'habitude c'est ma mère qui s'en charge. Elle me laisse les dédicaces.

Éléonore, c'est mon prénom.

Le public ne connaît que mon pseudonyme. Mais je ne l'utiliserai plus. Je vais arrêter aussi de faire l'actrice. Je pourrais récupérer mon calepin ? J'ai envie de dessiner. Beaucoup. Souvent. Toute ma vie.

Vous direz à ma mère que je suis partie en voyage.

ÉPILOGUE DE CHEYENNE

Avis à tous ceux qui végètent derrière un écran, émettent des grognements à la place de mots, soufflent fort et décampent à l'approche d'un être humain : si une fille comme moi, grosse, moche, asociale et sans talent a pu décrocher la corde qui pendait du plafond de sa chambre, vous devriez aussi pouvoir y parvenir.

En attendant, évitez quand même de vous goinfrer de produits industriels et de pixels. Coupez le cordon. Débranchez les portables. Tenez-vous éloignés des magazines people et des émissions qui piétinent les jardins secrets. Ouvrez un peu la fenêtre au lieu de rester le nez collé à la vitre.

Lorsque vous aurez l'impression de foncer droit dans le mur, faites marcher votre imagination. Les aventures les plus palpitantes prennent source, bien souvent, dans le quotidien.

Signez l'armistice avec vous-même.

Essayez de vivre intelligemment dans ce monde débile. Et surtout, comme dirait mon amoureux : creusez profond !

D'autres titres Albin Michel :

Audren, *Wild Girl*
Jay ASHER, *13 Reasons Why*
Sherman ALEXIE, *Le premier qui pleure a perdu*
Jennifer BROWN, *Hate List*
Jennifer BROWN, *Tornade*
Fabrice COLIN, *Le Pays qui te ressemble*
Michelle DALTON, *15 ans*
Jenny HAN, *L'Été où je suis devenue jolie*
Jenny HAN, *L'Été où je t'ai retrouvé*
Jenny HAN, *L'Été devant nous*
Jenny HAN, *L'Été où je suis devenue jolie, L'intégrale*
Laurent MALOT, *Lucky Losers*
Joyce Carol OATES, *Un endroit où se cacher*
Joyce Carol OATES, *Ce que j'ai oublié de te dire*
Annabel PITCHER, *Je suis le tonnerre*
Ami POLONSKY, *Le Secret de Grayson*
Meg ROSOFF, *Au bout du voyage*
N.M ZIMMERMANN, *L'Amour, le Japon, les Sushis et Moi*

Retrouvez-nous sur :

AMJ_romans amjromans

Création du logo litt' : Isabelle Southgate.

Impression CPI Bussière en mars 2017
ISBN : 978-2-226-39671-6
ISSN : 2430-6290
Numéro d'édition : 22577/01 - Numéro d'impression : 2027386
Dépôt légal : avril 2017